帝都鬼恋物語

煤かぶり令嬢の結婚

相沢泉見

富士見L文庫

もくじ

序章　白い撫子の庭で

夕焼けで赤く染まった帝都の空を、名もなき鳥が飛んでいる。

――あれは、宮城《きゅうじょう》の方へ行くのかしら。それとも海を越えて、もっともっと遠くまで行くのかしら。

ご一新があってから、外国と行き来できるようになったんだよ。

父親が、少し前にそんなことを言っていた。少女は幼すぎて『ごいっしん』の意味が分からなかったが、きっと今なら、鳥も人もうんと遠くまで行けるのだ。

小さくなっていく鳥を最後まで見送ると、少女はしゃがみ込み、足元で咲いている花にちょんと触れた。

纏《まと》っている赤い疋田《ひった》の振袖を汚さぬよう、子供ながらに気を遣う。

ここは少女の家の庭だ。さほど広くないが、白い撫子《なでしこ》があちこちに咲き誇っていて、とても居心地がいい。

最近、幼子が身に着ける三つ身ではなく、四つ身の着物を着せてもらえるようになった。

やっと帯も巻けるので、近所に住む伯爵や男爵の家のお姉さま方に少し近づけた気がして、誇らしい。

「まぁ、ここにいたのね」

レエスのような花びらに見入っていると、撫子の柄の着物を纏った少女の母親がゆっくりと歩いてきた。

少女と母親は、同じ花が好きだった。その花を庭に植えたのは父親である。

大好きな白い撫子をしばらく愛《め》でてから、母親は少女を抱き寄せた。

「ほら、これをご覧なさい。あなたがいずれ、引き継ぐものよ」

母親の手には、一本の簪《かんざし》が握られていた。軸は渋い銀色で、きらきら光る紫の丸い石がついている。

「うわぁ、とても綺麗《きれい》」

少女はそれを見て、吐息を漏らした。うっとりするほど美しい簪だった。紫色の石が、特に綺麗だ。

少女の母親は、にっこり笑った。

「この簪は、わたしの大事なものなの。あなたがもう少しお姉さんになったら……そうね、着物の肩上げが取れたら、譲るわ」

「お母さま、本当？　こんなに綺麗なものを、本当にくださるの？」

「ええ、本当よ。あなたが大きくなるまで、わたしがしっかりしまっておくわね」

母親は、簪を帯の間に入れた。

少女は歓声を上げて喜んだ。撫子の間でぴょんぴょん跳ねていると、どこからか、からんころんと下駄《げた》を鳴らす音が聞こえてくる。

「あっ、お父さま！」

少女は飛び跳ねるのをやめ、父親に向かって駆け出した。

母親も寄ってきて、今度は三人で撫子の花を眺める。

少女が目を開けているとき、父親と母親はいつも寄り添っている。そして、二人で笑っている。

おそらく、目を閉じている間も一緒にいるのだろう。

「お父さまとお母さまは、どうしていつも二人一緒なの？」

尋ねると、両親は一度顔を見合わせ、父親の方が口を開いた。

「それは、我々が夫婦だからだ」

「ふうふ？」

「結婚しているということよ。夫婦は、支え合って生きていくものなの。だからわたししたちは、一緒にいるのよ」

母親が付け足してくれたが、少女にはまだよく分からない。

首を傾《かし》げていたら、頭を優しく撫《な》でられた。

「どうか幸せになってね」

「そうだ。それが我々の、一番の願いだ」

母親の隣で、父親も大きく頷《うなず》いた。

「しあわせ？　しあわせって——何？」

きょとんとしている少女を、両親はぎゅっと抱きしめる。

「今はまだ、知らなくても大丈夫。何が一番幸せか、そのうちきっと——あなたにも分かるわ」

白い撫子の花が咲く庭で、母親の優しい声が、少女の心にすっと染み込んでいった。

第一章　煤かぶりの令嬢

「いつまで同じところを掃除しているのよ。この愚図！」

頭の上から、怒鳴り声がキンキンと響いてくる。

しゃがみ込んで木の床を懸命に拭いていた相馬春寧《そうまはるね》は、雑巾を手にしたままおそるおそる顔を上げた。

深紅の地に椿《つばき》の柄が染め抜かれた着物を纏った少女が、腕組みをして立っている。

その細い眉はきゅっと吊《つ》り上げられ、僅かに紅が差された唇の端はくいっと持ち上げられていた。

床に這《は》いつくばる春寧を、あざ笑っているような顔だ。

「お母さまに廊下の掃除を頼まれてから、どのくらい経《た》ったと思っているの。もうお昼よ。まだ半分しか綺麗になっていないじゃない。本当に愚図ね、春寧は」

「申し訳ありません、加恵《かえ》さん。朝から休まずに床を拭いていましたが、このお家《うち》はとても広くて……」

ここは、漆喰《しっくい》の壁で囲まれた大きな洋館だ。内部には長い廊下が縦横に走っている。春寧が詫《わ》びの言葉を口にすると、深紅の着物の少女、加恵は眉をますます吊り上げた。

「そうやって、ごにょごにょ口先で謝るだけで済むと思っているの？　あたしのお父さまが、あなたとあなたの父親の面倒を見て差し上げているのを忘れちゃったのかしら。あなたたちは、この蒲郡《がまごおり》男爵家のおかげで生きていけるの。少しは立場をわきまえなさい。居候のくせに！」

「……はい。申し訳ありません」

今度は床に手をついて頭を下げる。

ひれ伏している春寧を見て、加恵とその後ろに控えていた女中が、おかしさを堪《こら》えきれない様子でくっくと笑い声を漏らした。

「出た出た、春寧の土下座。よく似合うわよ。子爵令嬢のあなたが、そうやって男爵家で床に額を擦《こす》りつけているだなんて。相馬家もすっかり落ちぶれたわね」

加恵はひとしきり笑うと、傍らにいた女中に何か耳打ちした。黒っぽいお仕着せに身を包んだ女中はうんうんと頷き、廊下の隅に置いてあった木桶《おけ》に手をかける。

あっと思ったときにはもう、それが春寧の頭の上でひっくり返されていた。

木桶は雑巾を洗うために用意していたものだ。溜《た》まっていた濁り水が髪を濡《ぬ》らし、粗末な縞《しま》の着物にどんどん染み込んでいく。

「やだ、女中がうっかり水を零《こぼ》しちゃったわ。まあ、春寧はいつも煤《すす》っぽいし、少しはさっぱりしたかしら。それにしても、みすぼらしいわね。あなた、まだ十八歳でしょう。あたしより二つ年上なだけなのに、お婆《ばあ》さんみたい。――特にその手！」

加恵に言われ、春寧は咄嗟《とっさ》にひび割れて荒れた手を隠した。

その拍子に落ちた雑巾を、女中が素早く拾い上げる。

「や、やめて、ください」

今度は汚れた雑巾を顔に押し当てられそうになり、春寧は慌てて身を引いた。

加恵はますますおかしそうに口元を歪《ゆが》める。

「あらあら、うちの女中が濡れた身体《からだ》を拭いてあげようとしたのに、嫌なの？　だったら、外に出てちょうだい。雑巾の絞り汁が垂れたら、廊下が余計に汚れちゃうわ」

加恵に目で合図され、女中が手近にあった掃き出し窓を素早く開けた。春寧はあれよあれよという間に外に追いやられる。

「その着物が乾くまで、中に入ってきたら駄目よ。それから、掃除が済むまで昼食は抜きね。じゃあ、ごめん遊ばせ！」

加恵の冷たい声とともに、窓はぴしゃりと閉められてしまった。

あと半月で二月。誰もいない裏庭で、春寧の身体に冷たい風が吹き付ける。

着物が濡れているので、凍えるように寒かった。だが加恵に駄目と言われたので、家の中には入れない。

黙って耐えるしかないのだ。ここ……蒲郡家を追い出されたら、他に行くところなどないのだから。

春寧は震える身体を抱き締めてうずくまる。

辛《つら》い、苦しい、という感情は、とうに尽きた。ほんの一時間ほどここにいれば、ほとぼりが冷めるだろう。着物が乾いていなくても、こっそり家の中に入れるはずだ。

幸いなことに、今日は日差しがあり、昨日まで残っていた雪はすべて解けている。冷たい風さえ凌《しの》げれば、なんとかなる。

濡れそぼった髪を少し絞ってから、春寧は擦《す》れた半幅帯と草臥《くたび》れた木綿の着物の間に手を差し入れた。

そこに挟み込むようにしてしまっていたものを、そっと取り出す。

銀の土台に、紫色の石が一つついた簪。

ひどく荒れた春寧の手の中で、それは光って見えた。特に小指の先ほどの石……紫水晶の玉は、うっとりするほど美しい。

この簪は、春寧の宝物。そして、生家である相馬子爵家の、唯一と言っていい財産でもある。

帝都の中心にある千代田《ちよだ》の宮城《きゅうじょう》が、まだ江戸《えど》城と呼ばれていたころ。

相馬家の当主は長州《ちょうしゅう》藩の藩士で、幕府に出仕していた。ご一新後に子爵の地位を賜って華族に列せられ、以降は代々、貴族院議員を務めている。

華族は、庶民からすれば特権階級である。議員となって国家の中枢に組み込まれた相馬家の当主は、慈善活動に心血を注ぐようになった。

相馬家の家訓は『先難後獲』。自分の利益は後回しにして、困っている人を先に助けよ、という意味だ。

春寧の祖父や父は、特にそれをよく守った。

近くに病人がいると聞けば、すぐさま駆けつけて見舞金を渡し、看病を手伝う。子供をたくさん抱えて働き口を探している者がいたら、先祖代々の土地や家屋をタダ同然で分け与えて住まわせる……。

時には彼らと一緒に、鍬《くわ》や鋤《すき》を持って畑を耕したこともあった。

もちろん議員としての務めは立派に果たしていたが、他の華族たちは泥だらけになって汗を流す相馬家の者たちを見て、「まるで庶民じゃないか！」と目を丸くしたものだ。

一方で、『仏の相馬さま』と呼んで慕う者も多かった。相馬家を支えていたのは、田畑を貸している農民たちから届けられた米や野菜だ。

そんな暮らしなので、華族という割に贅沢《ぜいたく》は一切できなかったが、幼い春寧は毎日楽しく過ごしていた。

父親はこぢんまりした庭にせっせと花を植えるのが趣味だった。華やかになったそこを眺めながら、母親が握ったおむすびを家族揃《そろ》って食べたのはいい思い出である。

何もない日に、ただ三人でぼんやりする……広い家に住めなくても、綺麗《きれい》な着物がなくても、春寧はそれだけで満足だった。

『これをご覧なさい。あなたがいずれ、引き継ぐものよ』

ある日、春寧の母親は、白い撫子《なでしこ》の花が咲く庭で一本の簪《かんざし》を差し出してきた。嫁入りのときに持参した品で、江戸時代の作だという。

さほど高価なものではないそうだが、春寧はそれが一目で気に入った。あしらわれていた紫色の水晶を見て、『とても綺麗』と言ったのを覚えている。

やがて春寧の父親もやってきて、三人で庭を眺めた。

撫子の花が咲き誇る中、親子で過ごしたひととき——相馬家が傾いてしまったのは、それから十年ほどあとのことだ。

困っているふりをして近づいてきた輩《やから》に、春寧の父親は騙《だま》され、財産の大半を取られてしまった。

そのことで心労がたたったのか、父と母は揃って身体を壊し、母親の方はほどなくしてあっけなく逝った。

父親はなんとか生き延びたが、以降は寝たきりだ。今は意識はほとんどなく、病院の寝台《ベッド》にただ横たわるだけの状態が続いている。

華族は特別な法律によってある程度資産が守られているが、相馬家にはもともとたいした富もなく、相伝の土地は貧しい者たちに分けてしまっていた。

換金できそうな宝飾品はすべて差し押さえられ、僅かな晴れ着や、大切にとっておいた子供時代の三つ身までもが根こそぎ奪われた。

母親を亡くし、病で寝付いたままの父親を抱え、女学生だった春寧はとうとう路頭に迷った。

没落しかかった華族の娘など、もはやお荷物でしかない。女学校は途中でやめざるを得なくなり、親戚をさんざんたらい回しにされる日々が続いた。

そうやって、最後に行きついたのが蒲郡家だ。

現当主の蒲郡峯雄《みねお》男爵は、春寧の父親、相馬直政《なおまさ》子爵と旧知の仲で、ともに貴族院の議員である。

そのよしみで、春寧は行儀見習いとして蒲郡家に身を寄せることとなった。

春寧の父、直政の入院費用は、現在蒲郡家が負担してくれている。しかし一家の面々……特に男爵の妻と娘は、春寧たちのことを諸手《もろて》を挙げて受け入れたわけではなかった。

困っている旧友とその娘に知らぬふりをすれば、周りから謗《そし》られる。だから彼らは表面上、相馬家の面倒を見ているにすぎない。

蒲郡男爵本人は海外視察などで不在が多く、春寧とはほとんど関わっていなかった。家の中を取り仕切っているのは、妻のタカ子《こ》と、その娘で十六歳の加恵である。

一応は行儀見習い——作法や言葉遣いを教わるために住み込んでいた春寧を、二人はまるで使用人のように扱った。

いや、それ以下だ。

春寧が与えられたのは、使用人部屋より狭い納戸だった。不用品が押し込まれた空間には布団さえ敷けず、小さい茣蓙《ござ》の上で丸まって眠るしかない。

さらに、その納戸には台所から出る煙がたびたび舞い込んできて、すぐにあちこち真っ黒に汚れた。

そんなところで寝起きしている春寧は、タカ子や加恵、そして女中たちから『煤《すす》かぶり』と呼ばれて笑われている。

食事は蒲郡家の面々と使用人が済ませたあと、残った材料を使って自分で作らなければならなかった。

それでも、ありつけるならまだいい方だ。先ほど加恵が言ったように、命じられたことをこなせないうちは、握り飯の一つも与えられない。

飢えと疲れに耐える日々が何年か続き、春寧はいつの間にか十八歳になっていた。手はすっかり荒れ、実年齢以上の時を刻んでいるように見える。

指先がもっとひび割れて、かちかちに硬くなっても、ここから……牢獄《ろうごく》のようなこの場所から、逃げ出すことはできない。

行く当てがなくなって、さ迷うのが怖いのではない。

もし春寧が蒲郡家の者たちに何か言ったり、決別したりすれば、療養中の父親の身が危うくなる。

父の直政は、もう余命幾ばくもないと言われていた。

今は薬で痛みをなんとか抑えているが、病院への支払いが止められてしまったら、どうなるだろう……。

相馬子爵家は、すでに半分絶たれていると言ってもいい。

主《あるじ》が寝込み、仕事ができない状態なのだ。本来なら、務めが果たせず、特権階級としての体面を保てなくなった時点で華族の身分は剝奪になる。

相馬家が爵位を取り上げられていないのは、ひとえに慈善事業の功績が認められているからだった。議員ということもあり、宮内省から猶予を与えられているのだ。

直政の子は一人だけ。子爵家を守るには、今のうちに春寧が誰かと婚姻して、婿となった者にあとを継いでもらうのが一番である。

だが春寧にとって、華族の地位など、もはやどうでもよかった。

風前の灯《ともしび》である子爵家を、継ぎたいと言い出す者がいるとは思えない。みすぼらしい、ひび割れだらけの手を持つ娘を、誰が好き好んで妻にするというのか。

華族の身分がすでに不相応であると、春寧は十分に自覚していた。子爵家の存続よりも……そして自分の将来よりも、今は父親のことを案じている。

娘を人一倍愛してくれた直政が、痛みで苦しむ姿だけは見たくなかった。せめて医師のもとで、残された日々を穏やかに過ごしてほしい。

そんな切実な望みさえも、蒲郡家に見放されて医療費が絶たれれば、叶《かな》わなくなってしまうのだ。

だから春寧は、使用人以下の暮らしを受け入れている。

濁り水を浴びせられても、寒い庭に放り出されても、文句は言えない。落ちぶれた子爵令嬢には、もう、それしかできることがなかった。

深い溜息《ためいき》と同時に、冷たい風が容赦なく吹きつける。

寒さで歯の根がカチカチと音を立てそうになったが、春寧は両親の顔を思い浮かべて堪《こら》え、手にしていた簪を強く握り締めた。

相馬家にあった財産は大半が失われてしまったが、温かい思い出と、大事な宝物だけは残っている。

——これがあれば、私は大丈夫。

心の中で何度もそう唱え、時が過ぎるのをただじっと待つ。

ふと横に目をやると、白い撫子の花が数輪、ひっそりと咲いていた。この花は寒いうちは開かないはずだが、目覚めが少し遅すぎたのか、はたまた早すぎたのか。睦月《むつき》の今、人気《ひとけ》のない裏庭でけなげに揺れている。

——あなたも私と一緒にいてくれるのね。ありがとう。

春寧はレエスのような繊細な花弁にそっと触れ、ゆっくりと微笑《ほほえ》んだ。

大丈夫、大丈夫……私は大丈夫。

呪文のように繰り返される心の声は誰にも届くことなく、帝都の空に消えていった。

「――寧、春寧、聞いているの？　そこの硝子《ガラス》のテエブルが、まだ少し曇っているわ。もっとよく磨いてちょうだい」

甲高い声が耳の中にこだまして、春寧ははっと我に返った。

「申し訳ありません、奥さま」

慌てて、持っていた台布巾でテエブルの上を丁寧に擦《こす》る。

ゆうべ、こまごまとした繕い物をやるように言われ、春寧は夜遅くまでかかってそれを片付けなければならなかった。寝る時間が足りず、目の奥がずんと重くて、どうしても頭がぼんやりしてしまう。

蒲郡家の夫人、タカ子は、そんな春寧に怒声を投げかけてきた。

「まったくもう。春寧は客間を整えることすらできないの？　子爵の娘といえど、今はタダ飯喰《ぐ》らいの居候なのだから、あたくしのために身を粉にして働きなさい！」

タカ子やその娘の加恵は、春寧が子爵の娘だという点を、ことあるごとに持ち出してくる。

子爵家である相馬家より、男爵家である蒲郡家の方が身分が一段低い。華族の中では、実際の暮らしぶりより、家格に重きが置かれることもある。

格上の子爵家の娘を従わせることは、身分制度に縛られているタカ子たちにとって、日頃の鬱憤を晴らすいい機会なのかもしれない。

……そんなことはおくびにもださず、春寧は蒲郡家の応接室をせっせと綺麗にした。

鳳凰《ほうおう》の模様が大きく入った着物に、金糸銀糸で織り上げられた錦《にしき》の帯を締めたタカ子は、部屋中を見回して満足そうに頷《うなず》く。

「……ま、このぐらいでいいわ。春寧、あなたはもう下がりなさい。これからここに、大事なお客さまが来るの。みすぼらしい恰好《かっこう》をしたあなたがお屋敷《やしき》の中をうろうろしていたら目障りよ。いいというまで、あの煤だらけの部屋から一歩も出ないでちょうだい」

「はい。分かりました」

汚れた布巾を持ち、春寧は深々と頭を下げた。そのまま客間を出ようとしたが、背中にタカ子の高笑いが覆い被《かぶ》さる。

「これからいらっしゃるのは、中村《なかむら》さま……伯爵家の方々よ。中村さまの次男とうちの加恵が、縁づくことになったの。伯爵の息子が婿になってくれれば、蒲郡家は安泰だわ。どこかの子爵家みたいに、お家断絶、なんて不名誉なことにはならないわね」

春寧はすでに踵《きびす》を返していたが、改めてタカ子に向き直った。

「このたびは加恵さんのご縁談、誠におめでとうございます」

お世辞などではない。心からそう思う。

加恵は蒲郡家の一人娘だ。まだ十六で女学校に通っているが、常日頃から「なるべく早く結婚したい」と口にしている。

自分が婿を取らなければ、蒲郡家が終わると分かっているのだろう。すでに家のことを諦めてしまっている春寧より、よっぽど責任感がある。

加恵の夢はもうすぐ叶いそうだ。だから、本当によかった。

祝いの言葉を受けたタカ子は一瞬ぽかんと口を開けたが、すぐにふんと鼻を鳴らした。

「皮肉の通じない子ね。まあいいわ。早く下がりなさい」

「……はい。失礼します」

もう一度頭を下げて、今度こそ客間を出る。

布巾を片付けて手を洗ってから、春寧はあてがわれている納戸に引っ込んだ。

朝、掃除をしたので、埃《ほこり》や煤は綺麗《きれい》に取り除かれている。やたらと狭く、床板が傷んで窪《くぼ》んでいるところもあるが、一人になれるこの場所は、春寧にとって城も同然だった。

来客がいる間は休めそうだ。今のうちに少し眠ろうと思ったが、またいつ用事を言いつけられるか分からないので断念する。

ぽっかりと空いた安らぎの時間……こんなときは、温かい思い出に浸りたい。

春寧の持ち物は、小さな行李《こうり》の中にすべて収まっている。中でも一番大事なのは、紫色の石が付いたあの簪《かんざし》だった。

あれを眺めていると心が落ち着く。楽しかった日々が詰まった品が手元にあるからこそ、春寧は生きていける。

だが……。

「――！」

一抱えほどの大きさの行李を開けると、中に入っていたのは粗末な着物や肌着類だけだった。

一番上に置いてあったはずの、あの簪がない。

春寧は息を呑《の》みながら中身をひっくり返したが、大事な宝物は消え失《う》せていた。あまりのことに、背筋が凍り付く。

そのままへたり込みそうになったが、歯を食いしばってぎゅっと拳を握り、狭い納戸から外に飛び出した。

大事な宝物を、何としてでも捜さなければ……。

「春寧、どうしたのよ。そんなに息を切らして」

どこかに落ちているのではないかと思い、注意深くあたりを眺めながら廊下を歩いていると、呆《あき》れ声がした。

見れば、山吹色の振袖に鴛鴦《おしどり》柄の丸帯を合わせ、頭に花簪をいくつも挿した加恵が、春寧を睨《にら》みつけている。許嫁《いいなずけ》となる者に会うため、着飾っているようだ。

隣には、母親のタカ子がいた。

「春寧。引っ込んでいなさいと言ったはずでしょう。もうすぐ中村さまが来るのよ。そんなにみっともない姿でうろうろしないで」

いつもなら「はい」とすぐに頷くが、今回は引けなかった。春寧はおそるおそる、足を一歩前に踏み出す。

「あの……私の簪を知りませんか。行李にしまってあったはずなのですが、どこにも見当たらないのです」

絢爛《けんらん》な着物に身を包んだ母子《おやこ》は、一瞬怪訝《けげん》そうな顔をしたが、すぐにやにやと笑みを浮かべた。

先に口を開いたのはタカ子だ。

「簪って、紫の石が付いたものかしら。あれなら、もうないわよ」

「えっ……」

息を吸い込んで目を見開いた春寧に、今度は加恵が残酷な言葉を浴びせた。

「今日、うちに美術商の人を呼んで、絵画を何点か引き取ってもらったの。ついでにあの簪も売り払ったわ」

「売り払った……そんな……」

春寧はとうとうその場にしゃがみ込んでしまった。タカ子はそれを見て、大袈裟《おおげさ》に肩を竦《すく》める。

「居候のあなたから、今まで生活費を一銭も受け取っていないのよ。持ち物を売ってお金に換えて、何が悪いの。加恵の婚約を控えて、我が家はこれから入り用なの。仕方がないでしょう」

加恵も腰に手を当てて言った。

「そうよ。春寧はタダ飯喰《ぐ》らいなんだから、持ち物の一つや二つ、黙って差し出したらどう？　それに、あんな粗末な簪、どうだっていいじゃない。あたし、あれを眺めていると何だが気分が塞ぐのよ。くっついてる毒々しい紫色の石が、特に不気味だわ。ねぇお母さま」

「加恵の言う通りよ。うちの女中たちも、あの簪は気味が悪いと言っていたわ。近くに寄ると息が苦しくなるとか……。その話をしたら、美術商が『見せてくれ』と言って身を乗り出してきたのよ。変なものを買い取ってもらえて、ちょうどよかっ……」

「あれは、変なものではありません！」

春寧はタカ子の言葉を遮って、声を張った。

そうせずにはいられなかった。あの簪には両親との思い出が染み込んでいる。自分のことならどんな風に言われてもいいが、大事な宝物だけは穢《けが》されたくない。

「あの簪をどなたに……どなたに売ったのですか！」

足をもう一歩前に出して尋ねる。

珍しく大声を発した春寧に、タカ子は眉を吊《つ》り上げた。

「それを聞いてどうするのかしら。まさか、簪を取り戻すつもりなの？」

こくりと頷くと、今度は加恵が顔を顰《しか》める。

「嫌だ。やめてちょうだい。あれを眺めていると、気分が塞ぐと言っているじゃないの。あたし、あの不気味な簪が大嫌いなのよ。そんなものを大事にする春寧にも腹が立つわ。陰気臭いったら！」

「そんなことを言わずに、どなたに簪を売ったのか教えてください。どうか……どうか、お願いいたします！」

春寧は床にひれ伏し、顔の前に手をついた。

派手な着物に身を包んだ加恵とタカ子は、呆れ果てたような顔でそれを見下ろす。

「すぐにへこへこ土下座するなんて、春寧には華族の矜持《きょうじ》というものがないの？　本当に変わっているわね。ああ、変わっているといえば、簪を欲しがる商人もおかしな人だったわ。そうよね、お母さま」

「ええ。やたらと背が高くて、商売人のくせに愛想がなかったわね。黒ずくめの洋装で、何だか怪しいし……。別の男爵家からの紹介なのよ。『鬼の美術商』と呼ばれていて、今は麹町《こうじまち》の外れの、森みたいなところに住んでいるそうよ」

そこまで聞いて、春寧は立ち上がった。麹町に住む美術商――ここまで分かれば、あとは自分で探せる。

だが、踵を返そうとしたところで加恵に腕を掴《つか》まれた。

「待ちなさい、春寧。あの簪を持って帰ってきたら、ただじゃおかないわよ！　もう屋敷に入ってほしくないわ。外で寝なさい」

「――それでも、構いません」

春寧は毅然《きぜん》と言い返した。強がりではない。大事な簪を取り戻せるなら、どうなってもいい。

「な、何よ、その顔……」

あまりにもきっぱりとした態度に驚いたのか、加恵は面食らった様子で摑んでいた春寧の腕を離した。

代わりに、今度は彼女の母親が前に歩み出る。

「春寧。そこまで言うなら勝手になさい。あの商売人のところへ行くというなら、今すぐそうしたらいいわ。中村さまたちが来る前に出ていってちょうだい。ほら、早く」

タカ子はじりじりと追い詰めてきた。加恵がすかさず傍《そば》にあった掃き出し窓を開け放ち、どんと肩を押す。

外へ向かって突き飛ばされた春寧は、堪《こら》えきれずに転んでしまった。

「春寧がいると、こっちまで湿っぽくなるわ。しばらく顔を見せないで！」

そう言い放つと、加恵はぴしゃりと窓を閉めた。

地面に尻餅をついていた春寧はすぐに立ち上がったが、身体《からだ》の下にあったものを見て、はっと息を吞む。

けなげに咲いていたあの撫子《なでしこ》の花が、ひしゃげて潰れていた。レエスのようだった花びらは、無残に散っている。

春寧が倒れ込んだせいで、台無しになってしまったのだ。

折れた茎をなんとか立て直そうとしたが、どうにもならない。寒風の中、頑張って咲いていた花は、じきに枯れてしまうだろう。

簪と、白い撫子の花……春寧の心を元気づけてくれたものたちが、どんどん失われていく。やりきれない思いが、両の瞳に溢《あふ》れてくる。

「……ごめんなさい」

涙を拭い、春寧は花に手を合わせた。

それから駆け出した。撫子の花には謝ることしかできないが、簪はまだ取り戻せるかもしれない。

――私にはもう、あれしかよりどころがないの。

今日は一段と寒かった。纏《まと》っている粗末な木綿の着物に、冷たい風が染み込んでくる。

それでも春寧は帝都をひた走った。

森の中に住んでいるという、鬼の商人に会うために。


薄っぺらい草履は、途中で壊れてしまった。春寧はそれを捨て、足袋だけになって冷たい道を進む。

道行く人にタカ子から聞いた美術商の風体を説明して居場所を尋ね、なんとか辿《たど》り着いたのは、常緑樹が茂る森だった。

『あんた、あの美術商に会うつもりかい。――鬼みたいな目をした奴だぞ』

このあたりで古くから小間物屋を営む老人が、顔を顰めながら森の入り口まで案内してくれた。件《くだん》の美術商は、樹々《きぎ》の奥に聳《そび》える洋館に住んでいるという。

位置的には、宮城の西隣。麹町の外れだった。華族の屋敷《やしき》が多い区域だが、緑に囲まれたこの場所だけがぽつんと離れており、周囲と一線を画している。

森の入り口でしばらく立ち止まっていた春寧は、梢《こずえ》の切れ間から覗《のぞ》く洋風の屋根を目印に、ゆっくりと歩き出した。

あたりは薄暗く、正直なところ怖い。だが、前に進まなければ、大事なものは戻ってこない。

「大きなお屋敷……」

館の全貌が見えたところで、軽く息を呑んだ。

赤煉瓦《れんが》をふんだんに使った外壁に、アーチ形の窓がずらり。緑色をした銅板葺《ぶ》きの屋根からは、尖塔《せんとう》がいくつも延びている。

一体何部屋あるのか、外からは数えられなかった。ご一新からしばらく経《た》ち、帝都には西洋風の建物が増えているが、ここまで見事な屋敷はそうそうない。蒲郡家も広いが、雲泥の差である。

　玄関扉の上にあるのは、西洋の女神の彫刻が施された半円形のタンパン。扉自体も、硝子《ガラス》がはまっていて重厚だ。

　荘厳すぎる佇《たたず》まいに押され、入り口でしばらく立ち尽くしていると、気配を察したのか中から誰かが出てきた。

　春寧とさほど歳《とし》の変わらぬ若い女中だった。その女中は、突然現れた客の粗末な着物や泥だらけの足袋に目をやり、怪訝そうな顔をする。

　先ほど買い取ってもらった簪《かんざし》を取り戻したい……しどろもどろに説明すると、綺麗《きれい》な上靴《スリッパ》を差し出された。

　汚れた足袋を脱いでそれに履き替え、春寧はようやく建物の中に入る。

　表から見た通り、内部はとても広かった。玄関ホールだけで数十帖《じょう》はある。

　ホールの向かい側には階段が設《しつら》えられていた。優雅な曲線を描く手すりには蔦《つた》が立体的に彫り込まれており、意匠が凝らされているのが窺《うかが》える。

　足元にはふかふかの敷物が敷き詰められていて、あちこちにはめ込まれたステンドグラスが美しい。

　そこから差す色とりどりの光に包まれながら広い廊下を歩き、春寧はやがて、客間らしき部屋に案内された。

大理石のマントルピースが設けられ、窓にはたっぷりとしたレエスの窓帷《カーテン》。葡萄《ぶどう》の模様が鮮やかに描かれた天井からは、飾電燈《シャンデリア》が下がっている。

——まるでお城みたい。

少しお待ちくださいと女中に言われ、春寧がその豪華な部屋で立ち尽くしていると、ほどなくして背後に誰かの気配がした。

「この簪を取り戻しに来たのは、お前か」

声を発したのは、黒ずくめの三《み》つ揃《ぞろ》いを纏った背の高い青年だった。全体的に短髪だが、前髪だけは少し長く、右の目を半分覆い隠している。

青年の手には、あの簪が握られていた。

「あっ……」

対峙《たいじ》した途端、春寧は小さく声を上げた。

紫色の光が見えたのだ。簪についている石に日差しが反射したのかと思ったが、そうではない。

発光しているのは、目の前に立っている青年の、右の瞳。

——綺麗、とても、綺麗。

淡い紫色の光に、春寧はいつしか惹《ひ》き込まれていた。その視線に気付いた青年は僅かに顔を伏せ、美しい右目が長い前髪で完全に覆い隠される。

「俺は美術商の真柴景臣《ましばかげおみ》だ。この簪を取り戻しに来たのはお前か」

青年——景臣に再び尋ねられ、春寧は慌てて頭を下げた。

「はい。私は相馬春寧と申します。今日、蒲郡のお屋敷で、あなたが簪を買い受けたと聞きました。その簪は、とても大切なものなのです。どうか、返してください」

「断る」

太い綱をすっぱりと断ち切るような口調で、景臣は言い放った。目を瞠《みは》った春寧に、さらに追い打ちがかかる。

「この紫水晶の簪は、さほど価値のある品じゃない。だが、俺はそれなりの額を払って手に入れた。取り戻したいならまずは返金だが、お前にそれができるのか？」

前髪に隠れていない景臣の左目が、みすぼらしい木綿の着物を見つめていた。春寧は僅かに身を捩《よじ》る。

「ちなみに、このくらいの値で買い受けた」

黒い背広の隠しから、景臣は一枚の紙きれを取り出した。簪に支払った金額が記された領収証だ。

「こんなに……」

思った以上の数字に、春寧は愕然《がくぜん》とした。

お金を受け取ったのは蒲郡家だが、タカ子たちが返還に応じるとは思えない。簪を取り戻すためには、提示されている額を春寧が支払わなければならないだろう。

ここに来る途中で壊れてしまった草履さえ買い換えられるかどうか分からないのに、それ以上の大金など、用意できるはずがない……。

春寧はほんの一瞬肩を落としたが、すぐに頭《かぶり》を振って、ひび割れだらけの手をぎゅっと握り締めた。

「お金は、いくらかに分けて必ずお支払いします。だから、簪を返してください」

言葉だけでは足りない気がして、その場に座り込む。

「土下座でもなんでもいたします。お願いです。どうか——どうか、返してください。私の、宝物を……！」

春寧に見えているのは床だけだ。

目の前に立っているであろう景臣は、しばらく微動だにしなかったが、やがて空気がふっと動いた。

「断る——きっとその方が、お前にとってもいいことだ」

「いいこと……？」

聞こえてきた声は、どこか温かい。

顔を上げると、景臣は春寧の傍で膝を折っていた。口調はひどくそっけないが、所作は丁寧だ。

「この簪は、僅かだが邪気を放っている」

「……邪気？」

突然わけの分からない台詞《せりふ》が飛び出して、春寧は首を傾《かし》げた。

「簪のような工芸品や美術品には、人の……とりわけ、作り手や持ち主の念が籠もる。陰惨な事件に関わった品なら、何かがとり憑《つ》いて禍々《まがまが》しい気を放つこともある。それらが邪気となり、周りにいる者たちによくない影響をもたらす」

景臣は表情を変えずに淡々と話すと、一つ息を吐いた。そうしてから、簪を持っていない方の手で自分の胸をとんと叩《たた》く。

「俺はそういう悪《あ》しき気を感じ取れる体質だ。何せこの身体には――人ならざるものの血が流れているからな」

「人、ならざるもの……」

「そうだ。物《もの》の怪《け》やあやかしの類《たぐい》と言えば分かりやすいだろう。そういった存在が、遠い昔、人と交わって子をなした。人と人ならざるものとの間に生まれた半人半妖が、俺の先祖だ」

頭の中で、話が上手《うま》く整理できない。春寧はただ口を噤《つぐ》んでいた。

景臣はふっと自嘲めいた笑みを浮かべ、前髪に手をかける。

「俺の話が信じられないか。まぁ、暗がりに物の怪の気配を感じた時代はとうに過ぎ去った。無理もない。……だが、俺は間違いなく、人ならざるものの血を引いている。これがその証《あかし》だ」

長い指で前髪がばさりとかき上げられ、隠れていたものが露《あらわ》になった。

「──あ……」

春寧は息を大きく吸い込んだ。

景臣の右目が、紫色に光っている。瞳孔は猫のように細長く、明らかに普通の人のそれではなかった。

光は時折強くなったり弱くなったりして、同じ紫でも、見るたびに違った印象を抱かせる。

──綺麗。

先ほど、少しだけ見えた輝き。再び目の当たりにして、春寧はやはりその美しさに圧倒された。

まるで、夜空に浮かぶ月だ。狭くて煤《すす》だらけの納戸から見えた月夜の光景が心に蘇《よみがえ》り、ただただ景臣の右目に見惚《みと》れる。

邪気、そして半人半妖……今までの話がなかなか頭に入ってこなかった春寧だが、この瞬間、すべてのことが腑《ふ》に落ちた。

仄《ほの》かに光る紫の目が、言葉よりも多くのものを語っている。

「俺の右目には妖力が宿っていて、悪しきものに反応すると光る。この体質を利用して、本業の傍ら、邪気を放つ『曰《いわ》く付きの品』を探している。禍々しいものが人に害をなさないよう、回収して管理するのが俺の役目だ。蒲郡家に行ったのは絵画の買い取りを頼まれたからだが、怪しい簪があると聞いて、併せて引き取った」

そこまで言うと、景臣は再び前髪を下ろした。

「──気味が悪いと思っているだろうな。俺の右目を見た者は、たいてい鬼のようだと言う。巷《ちまた》では、『鬼の美術商』と呼ばれている」

「気味が悪いだなんて、私は思いません。あなたの瞳は、とても綺麗です！」

春寧は思わず、そう口にしていた。

景臣の顔に、驚きの色が浮かぶ。

なる。

「――綺麗？　この、忌々しい目が？」

「私は、とても美しいと思います。ずっと見ていたいくらい……」

柔らかな紫の光は、内側からじんわりと滲《にじ》み出ているようだった。

人の瞳とは明らかに違うが、ちっとも怖くない。むしろ、眺めていると心の中が温かくなる。

景臣は春寧を見つめたまましばらく固まっていたが、やがてはっと我に返った。

「とにかく、俺の目は曰く付きの品に反応する。この簪《かんざし》は、僅かだが邪気を発している。今すぐ手放した方がいい」

「そんな……。返してください。それは、とても大事なものなのです」

「駄目だ。放たれている邪気は弱いが、傍《そば》に置いておいたら何らかの影響が出るかもしれないぞ。現に、蒲郡家の者は見ているだけで陰鬱になると言っていた」

「でも、私はその簪をずっと持っていましたが、なんともありませんでした」

簪は子供のころから春寧の傍にあった。それこそ毎日のように触れていたが、気鬱になったことなど一度もない。

「……そう、なのか？」

一歩も引こうとしない春寧に、景臣は改めて向き直った。長い前髪の間から、紫に輝く瞳が覗《のぞ》いている。

「相馬春寧といったな。もしかして、貴族院議員の相馬子爵の娘か」

「はい」

頷《うなず》いた途端、春寧は手を摑《つか》まれた。

「相馬子爵は身体《からだ》を壊しているらしいな。娘はどこかの男爵家で世話になっていると聞いていたが……なるほど」

紫色の右目と黒い左目が、荒れた指先をじっと見つめている。

かさかさに荒れた手が綺麗《きれい》な紫の瞳に映っているのかと思うと、春寧はいたたまれない気持ちになった。

「――簪を、無償で返してやってもいい」

景臣はそう言うと、いったん春寧の手を離した。

「本当ですか」

「稀《まれ》に、邪気の影響を受けない者がいると聞く。お前はおそらく、そういう体質なのだろう。なら、この簪を持っていても問題はなさそうだ」

紫水晶の簪が、景臣の手から春寧の手へ渡る。

春寧は宝物を胸に押し抱き、帯の間にしっかりと挟み込んだ。一度は絶望したが、大事なものはちゃんと戻ってきた。安堵《あんど》で涙が出そうだ。

景臣は、そんな春寧の耳元に唇を寄せる。

「それを無償で返す代わりに、頼みがある」

「頼み……私に？」

「春寧——俺と、結婚しろ」

息を呑《の》む暇さえなかった。その場で動きを止めた春寧に、景臣は顔色一つ変えず語りかける。

「俺は、もっと仕事の幅を広げたいと思っている。そのためには、華族と縁を繋《つな》ぐ必要がある。価値のある美術品は、裕福な特権階級のところに集まるからな。庶民の俺でも、春寧と婚姻関係を結べば華族の仲間入りだ。同じ華族同士なら、家に出入りがしやすくなる。それから……」

そこで言葉を切ってから、景臣は春寧の身なりにちらりと視線を投げた。

「相馬家のことは噂《うわさ》に聞いている。このままならいずれ爵位は返上なのだろう。俺が婿に入ってあとを継げば、家は守れるぞ。内証《ないしょう》は相当傾いているらしいが、心配はいらない。真柴家の財産を使って立て直す。……形の上でいい。俺と結婚しないか、春寧」

話は単純だった。

簪が春寧の手元に戻り、相馬家が救われる代わりに、景臣は華族の特権を得る。すなわち──政略結婚。

春寧がごくりと喉を鳴らすと、景臣は長い前髪を軽く払った。

「それとも、こんな目を持つ男を夫にするのは嫌か」

邪気を放つ簪が近くにあるせいか、景臣の右目は淡く光っている。その輝きに圧倒されながら、春寧はゆっくりと口を開いた。

「いいえ、嫌ではありません。そのお話──お受けします」

突然の申し出に、戸惑いがないと言えば嘘《うそ》になる。だが、頷くのが一番いいと思った。

春寧にとっても、病床の父親にとっても。

それに──本当に、嫌ではない。

春寧はこの先も眺めていたかった。景臣の、美しい紫色の瞳を。

「……話はまとまったな。俺と一緒に来い、春寧」

景臣はすっと手を差し出してきた。互いの指先がそろそろと近づいて、やがて確実に触れ合う。

誰かに手を差し伸べられることなど、もうないと思っていた。

走り抜けてきた冬の帝都は凍えるほど寒かったが、触れている景臣の指先は、ほんのりと温かい。

『俺と一緒に来い、春寧』

力強い言葉が耳の奥にいつまでも残っていた。

この人と一緒に行こう——湧き上がってくる気持ちを胸に秘め、すぐ傍にいる景臣をそっと見上げる。

「景臣さん。あなたの瞳は、綺麗です」

春寧がそう言うと、景臣は僅かに動きを止め、それからふっと顔を逸《そ》らした。

「そうか」

第二章　薔薇の令嬢

美術商・真柴景臣《ましばかげおみ》は、二十八歳にして天涯孤独の身の上だった。幼いころに両親を亡くし、祖父のもとで育ったという。

真柴家は、先の時代は御目見《おめみ》えの許されない武家で、ご一新後も爵位を得ることはなかった。

だが文明開化の波に乗り、投資で一山の財産を築いた。景臣の祖父の代からは美術商となり、麹町《こうじまち》の森の中に華族ばりの大豪邸を構えている。

その祖父が七年ほど前に世を去り、親類縁者がいなくなった景臣は、家業を引き継いだ。本人が言っていた通り、現在は鬼の美術商と呼ばれている。

春寧《はるね》と景臣が出会ったのは、一月の半ばごろ。それからほどなくして、景臣は一人で蒲《がま》郡《ごおり》家にやって来た。

目的は、春寧の面倒を見ている蒲郡男爵に婚姻の許しを得ることだ。

富豪とはいえ庶民からの結婚の申し入れ……しかも突然の話に、蒲郡男爵は最初、大いに面食らっていた。

娘しかいない家に婿を取り、あとを継がせるのは珍しくないやり方だが、庶民が華族の家に入るとなると一筋縄ではいかない。いろいろと制約がある。

だが、たいていのことは、お金があればなんとかなる。

蒲郡家に来た時点で、景臣は豊富な財産を使い、あちこちに根回しを済ませていた。華族が婚姻する際は、身内以外に宮内省などの許可を得なければならないが、各所に精通する者に大金を送って便宜を図るという徹底ぶりだ。

こうなると、もはや反対する理由などない。

景臣が婿になれば、相馬《そうま》家は存続できる。それに、二人が結婚するなら、蒲郡家は大手を振って居候の春寧を追い出せる。

結果として、異を唱える者はいなくなった。

とはいえ、お金にものを言わせるというある種強引な手法は、多少の怒りを買った。タカ子《こ》は『卑しいわ』と眉を顰《ひそ》め、軽蔑の眼差《まなざ》しを投げてきたほどだ。

『春寧は、お金で華族の身分を買うような人と結婚するのね。しかも、相手は鬼と呼ばれているそうじゃない。鬼の嫁になるなんて、みすぼらしいあなたにはお似合いだわ』

加恵《かえ》はこう言ってあざ笑っていた。

祝福は一切ない。むしろ表立って不快感をぶつけられている状態だ。だが春寧と景臣は、ひとまず婚約にこぎつけた。

それを潮に、春寧は煤《すす》だらけの納戸を出て、景臣が暮らしている麴町の屋敷《やしき》に住まいを移した。

正式に夫婦となったわけではないが、まずは同居することになったのだ。

婚約の段階で許嫁《いいなずけ》と寝食をともにするというのは、華族の婚姻においてごく一般的な話である。

妻になる予定の者が相手の家に行き、女中頭などから家のしきたりを教わる花嫁修業も、この一環だ。

ゆえに、同居の開始は結婚へ向けた順当な歩みといえるのだが、とにかく何もかもが慌ただしかった。

春寧が新たな場所で暮らし始めたのは弥生の初め。景臣と会ってから、二か月も経《た》っていない。

蒲郡家の者たちがしきりに引っ越しを急《せ》かしたのは、それだけ春寧のことがお荷物だったからと思われる。

とるものもとりあえず移り住んだ森の中の家は、とても静かだった。

春寧が幼いころ暮らしていた家は、すでに人手に渡っている。景臣と結婚したあとは、この麹町の屋敷がそのまま相馬子爵邸となる予定だ。

豊かな緑と静寂に包まれた洋館は、広さの割に人が少なかった。景臣と春寧以外は、使用人が何人か働いているのみである。

すべて、真柴家でもともと雇っていた者たちだった。人数を絞っているのは景臣の意向。家の中にあまり他人を入れたくないのだという。

春寧の目には、景臣が人と関わること自体を避けているように映った。

美術商として顧客と口をきくことはあっても、誰かと親しくなることはない。私信を交わしている様子も一切ない。

家の中でも景臣は常に一人だった。仕事がないときはどこかの部屋に籠もりきりになり、誰も寄せつけない。

妻である春寧さえも……。

この家に来てから五日ほど過ぎたが、春寧はまだ景臣と一緒に食事をとったことがなかった。寝室は別で、一度も顔を見ない日さえある。

景臣の方から何か必要なものはあるか、などと聞いてくることはあったが、それも使用人を介してのみ。

日々が、ただ穏やかに過ぎていく。

ここにいれば、寒さで凍えることはない。汚れた水を、頭からかけられることもなかった。

婚約してから、父親の入院費は景臣がまとめて前払いしてくれている。黙っていても温かい食事が出てくるし、あてがわれた部屋も驚くほど豪華である。

これまでとは比べ物にならないほど平穏な生活に安堵しながらも、春寧の心には申し訳なさが募っていた。

こうやって無事に暮らせるのは景臣のお陰だ。いわゆる政略結婚で、相手にはいずれ華族になれるという利点があるにしても、さすがに世話をかけすぎていると思う。

このままでいいのかしら……そんなことを考えながら歩いていた春寧に、三月の日差しが燦々《さんさん》と降り注ぐ。

――眩《まぶ》しい。

春寧は今、一人で庭の散策をしていた。

この家の庭は、果てが見えないほど広い。母屋の周りにぐるりと石畳の道が敷かれていて、そこをゆっくりと歩いている。

明るい陽光で思考が途絶えたが、少しすると、再びいたたまれない気持ちが込み上げてきた。

相馬家が傾いたせいで、春寧は女学校を途中でやめている。習い事もできなかったため、満足にこなせることなど一つもない。

没落しかかって、財産が尽き果てたからこそ分かる。一人分の食い扶持《ぶち》を稼《く》ぐだけでも大変なのだ。

なのに、こうしてあり余るほどの恩恵を受けている。

花嫁修業などは特にしておらず、掃除や繕い物をすることもなく、ただのんびりと過ごすのみ……。

タダ飯喰《ぐ》らい――蒲郡家でよく投げかけられた言葉が頭に浮かび、一歩進むごとに溜息《ためいき》が出た。

今の自分は、まさにそれだ。

無力なのは百も承知だが、景臣に少しでも恩返しがしたかった。このままでいると、罪悪感で押し潰されてしまう。

そのとき、心地よい風が吹いてきて、春寧の足元で何かが揺れた。

小径《こみち》の脇に、雑草がわさわさと生い茂っている。あと半月もすれば桜が咲く時期。冬の間に眠っていた植物たちが、一斉に芽吹いたのだろう。

数少ない使用人たちは屋敷内の仕事をこなしていて、庭の片隅が雑草だらけになっていることに、まだ気付いていないようである。

春寧はぽんと一つ手を打って、その場にしゃがみ込んだ。

草むしりなら、自分にもできる。こんなことくらいでは恩返しにならないだろうが、それでも何もしないよりましだ。

着物の袖をばさりとさばき、素手で草を引き抜く。

あっという間に、指先が泥だらけになった。だが身体《からだ》を動かしていると、心に募っていた罪悪感が少しずつ消えていく。

だんだんと小径の周りが綺麗《きれい》になって、気分もすっきりしてきた。勢いに任せて、ひたすら草むしりに没頭する。

「──何をしている」

春寧の動きを止めたのは、突然聞こえてきた低い声だった。

「景臣さん」

しゃがんでいた春寧は驚いて、抜いた草を手にしたまま立ち上がる。

「窓からお前の姿が見えた。なぜ、こんなことをしている。俺は庭の手入れなど、頼んだ覚えはないぞ」

捨てた。

つかつかと歩み寄ると、景臣は春寧の手を摑《つか》み、握り締めていた草を奪って地面に投げ

景臣の身の丈は六尺以上ある。頭一つ分高いところから見下ろされ、春寧は思わず身体を引こうとしたが、手を摑まれているので動くことができない。

「も、申し訳ありません。散歩をしていたら、雑草が気になって……」

正直にそう言ったが、景臣は春寧の手を見つめ、握る力をさらに強くした。

春寧は自分の汚れた指先が気になって、おずおずと顔を見上げる。

「景臣さん。放してくださいませんか。あなたの手が泥だらけになります」

自分はどんなに汚れても構わない。好きでこうなったのだ。だが、景臣にそれが及ぶのは困る。ただでさえ、世話になっているというのに。

すると、景臣の眉《まみ》がきゅっと吊《つ》り上がった。

「だったらもう、泥に塗れるようなことはするな！　華族の地位があれば、俺はそれで足りる。春寧は何もしなくていい」

ようやく手が解放され、春寧は俯《うつむ》いた。よかれと思って草むしりをしたが、余計なことだったのかもしれない。

「景臣さん、差し出がましいことをして申し訳ありません。私、ここに置いてもらってい

るのに、何一つ恩返しができないのが心苦しくて……」

「置いてもらっている？　おかしなことを言うな。春寧が――いずれ俺の妻となる者が、ここに住んでいるのは当たり前のことだろう」

景臣の口から『妻となる者』という言葉が出て、春寧の胸が僅かに跳ねる。

だが、すぐにそれを無理やり押し込めた。

景臣が言っているのはあくまで建前。妻とは、家族という意味ではない。おそらく『爵位』や『特権階級』と同等……。

その証拠に、高いところにある顔には、親しみの欠片《かけら》すら見えない。

「とにかく、こういうことはするな。必要ない」

景臣はそう言い置いて立ち去った。

一人その場に残った春寧は、先ほど掴まれた自分の手を見つめて、ただただ立ち尽くしていた。


数日後。景臣が部屋に入ってきて、唐突に言った。

「春寧、着替えろ」

後ろには着物を数枚ずつ抱えた使用人たちが並んでいて、春寧はあっという間に取り囲まれる。

「これか、それとも、こっちか……」

景臣は何やらぶつぶつ言いながら、使用人たちが持っていた着物を一枚一枚春寧の身体に押し当てた。

春寧は目を白黒させた。

ずらりと並んでいる着物は、どれも華麗だ。今身体に当てられているのは、錦紗縮緬《きんしゃちりめん》の友禅染である。

錦紗は絹織物《きぬおりもの》の中でも上等で、シボが細かく、生地そのものが仄《ほの》かに光沢を放っている。それが薄青に染められ、ぼかしを多用した友禅の手法で桜の花が描かれていた。

春の空に花が散っているような着物を脇に避《よ》けると、景臣は続けて、落ち着いた緑色の一枚を手に取る。

同じく錦紗の着物で、こちらは光る糸をたっぷり使って吉祥文様が刺繍《ししゅう》されていた。生地と糸の贅沢《ぜいたく》な輝きに、目が眩《くら》みそうだ。着物だけではなく、帯や帯揚げ、帯締めなどの小物もたくさんある。

春寧は、何やら考え込んでいる様子の景臣にそっと尋ねた。

「あの、景臣さん。このお着物や小物は、一体どうしたのですか」

「今朝方、呉服屋に届けさせた。いずれ必要になるだろうと、あらかじめ注文しておいたものだ」

そう言われて、思い当たることがあった。

景臣との婚約が決まってからほどなくして、日本橋《にほんばし》の呉服屋の者が蒲郡家にいた春寧のもとを訪れている。

そのとき、身体の寸法を測られた。わけも分からずされるがままになっていたが、数か月後の今になって、ようやく理由を把握した。あれは、春寧の着物を仕立てるための行いだったのだ。

景臣は緑色の錦紗を脇に置くと、おもむろに口を開いた。

「着替えたら、一緒に外出してくれ」

「景臣さんと一緒に？」

春寧が聞き返すと、景臣は首肯した。

「実は、俺は以前からとある絵画を探している。純粋な美術品じゃない。……曰《いわ》く付きの品だ」

突然の外出には、表の仕事ではなく『裏稼業』が関わっているようだ。

景臣が探しているのは、邪気を放つ曰く付きの品の中でも、とりわけ凶悪なものだという。噂《うわさ》だけは聞いていて、一刻も早く回収しようと考えていたが、実物の在処《ありか》がなかなか摑めずにいたらしい。

そんな中、気味が悪い絵を見かけたという人物が現れた。麻布《あざぶ》に住む、十文字成仁《じゅうもんじなりひと》という伯爵である。

「件《くだん》の絵は、持ち主の命を奪うと言われている。燃え盛る建物と、一人の女が描かれているそうだ」

「建物が燃えているということは、火事の様子を描いたものでしょうか」

人を焼き殺すほどすさまじい炎を思い浮かべ、春寧は僅かに身震いする。

景臣も顔を顰《しか》めた。

「実物を見たことはないが、おそらくそうだろう。……もともと、俺の祖父が探していた絵だ。曰く付きの品の回収自体も、祖父が始めた」

ご一新のときに爵位を得られなかった真柴家の者たちは、華族を横目で見ながら常に商機を窺《うかが》い、生き馬の目を抜く勢いで財産を築き上げてきた。

だが景臣の祖父、真柴伊周《これちか》は、他の親兄弟とは違い、絵画や書物を愛する心優しい人物だった。

それまで真柴家が請け負っていた相場師や投資家の仕事から手を引き、美術商に転身したのは、のんびりした自分に向いていると思ったからだという。

美しいものを求めて全国を飛び回っていた彼の耳に、やがて曰く付きの品の話がちらほら届くようになった。

禍々《まがまが》しい気を放ち、人に害をもたらす恐ろしい品々——実際に邪気に中《あ》てられて被害を受ける人々を目の当たりにしたとき、伊周は「なんとかしなければ」と考えたそうだ。

以降は、何やら怪しいものがあると聞くたびに、現地に駆けつけるようになった。曰く付きの品を引き取るのに、大金を支払うのも厭《いと》わなかった。

そうやって集めた品は今も厳重に保管され、間違って外に出ないようになっているとのこと。

景臣の祖父が手間と財を惜しみなく注《つ》ぎ込み、曰く付きの品の回収作業を進めたのは、邪気を放つものから人々を守るためだ。

「曰く付きの品で誰かが身を滅ぼさないように——生きているときから、祖父はそんなことばかり話していた。息を引き取る寸前、俺に回収作業を引き継いでくれと頼んできた。邪気に反応する右の目を活《い》かせと……」

「いつも他の人の心配をするなんて、景臣さんのお祖父《じい》さまは、とてもお優しい方だったのですね」

「そうだな。祖父は両親の代わりに俺を育ててくれた。……こんな目をした俺を、拒絶しなかった」

景臣は自分の右目を軽く手で覆った。曰く付きの品に触れていないときは光らないが、そこは相変わらず美しい紫色だ。

「真柴の家には人ならざるものの血が流れているが、俺のように身体にその証《あかし》が現れ、妖力が備わっている子が生まれるのはごく稀《まれ》なことらしい。俺が生を受けたとき、周りの者は『鬼の目をした子など川に投げ捨てろ』と言ったそうだ。両親はそれを聞き入れなかったが、早くに病死した。一人になった俺を、祖父は引き取った」

口調は、あくまで淡々としていた。

それが却《かえ》って、春寧の心をきゅっと苦しくさせる。

「祖父が身罷《みまか》ったとき、俺は、生きていても仕方がないと思った。鬼の目を持つ俺が、この先誰にも受け入れられないことは分かっていたからな」

そんな……と春寧が口にする前に、景臣は俯きがちだった顔をぐっと上げた。

「だが今は、祖父の最期の願いを叶《かな》えたいと思っている。俺が美術商を引き継いだのはそのためだ」

春寧の脳裡《のうり》に、景臣と出会った日のことが思い浮かぶ。

『――気味が悪いと思っているだろうな。俺の右目を見た者は、たいてい鬼のようだと言う』

人とは違う、紫色に光る目のせいで、景臣はずっと後ろ指をさされてきた。

彼が極力世間と関わらず、使用人の数さえ絞っているのは、余計な誹謗《ひぼう》中傷を避けるために違いない。

抑揚のない声で話す言葉の中には、きっと多くの悲しみが詰まっているのだ。

そして、景臣が裏稼業をこなしているわけが理解できた。優しかった祖父に、恩返しがしたいのだろう。

春寧も、世話になっている景臣の役に立ちたいと思っている。……今のところ、何もできていないが。

「曰く付きの『火事の絵』――持ち主の命を奪うほど強い邪気を放つものがあるという噂を聞いて、祖父は実物をなんとか回収しようとしていた。だが、志半ばで逝った。祖父の死後は、俺が引き続き件の絵の調査をしている」

しばしの間を置いて、景臣は話題を絵のことに戻した。春寧も切ない思いをいったん脇に置き、気持ちを切り替える。

「問題の絵について、伯爵の十文字さまが何か知っているかもしれないのですね」

「ああ。十文字伯爵とは表の仕事で知り合って、すでに何度か美術品の取引きをしている。疑わしい絵画について聞こうと連絡を入れたら、茶会に招かれた。話はその席でするそうだ。……春寧。先方は、お前を同伴しろと言っている」

「えっ、どうして私まで……」

景臣についていったところで、春寧には美術品のことなど何も分からない。

「俺の許嫁《いいなずけ》に、ぜひとも会いたいらしい。おそらく、野次馬のようなものだ」

「まぁ。野次馬」

思わず口に手を当てた春寧に、景臣はやや困った顔を向けた。

「先方の希望通り、二人で行く方が都合がいいが、無理にとは言わない。……どうする、春寧」

「私も参ります」

間髪を容《い》れず、春寧は答えた。

自分が一緒に行くことで景臣の仕事がやりやすくなるなら、春寧だって嬉《うれ》しい。ようやく少しは役に立てそうだ。

「そうか。なら、この着物に着替えろ。気軽な茶会らしいが、訪ねる先は伯爵家だ。俺たちもそれなりのものを身に着けていくのが礼儀だろう」

景臣は豪華な着物たちに目を走らせたあと、その中の一枚を手渡してきた。

桜が染め抜かれた、あの春の空のような錦紗縮緬だ。それから、生成りの地に金糸銀糸で正倉院《しょうそういん》文様が織り込まれた雅《みやび》やかな帯も差し出される。

着物に触れると、生地の滑らかさが伝わってきた。上等な絹が肌にしっとりと吸い付いてくる。

春寧はあわあわしながら、手にしたものと景臣の顔を代わる代わる見つめた。

「あ、あの、景臣さん。こんな素晴らしいものを、私が着てもいいのでしょうか」

一目で最高級と分かる逸品。

いくら身分が上の伯爵家を訪れるためとはいえ、なんとも畏れ多い。落ちぶれかけた身で袖を通すなんて、気が引けてしまう……。

しかし、尻込みする春寧に、景臣はきっぱりと言った。

「春寧が着ないで誰が着る。俺は似合うと思ったから渡したんだ。それとも、その着物が気に入らないのか」

「い、いえ、そんな！」

「だったら、早く着替えてくれ。……ああ、今日は少し肌寒いな。着物の上にこれを羽織るといい」

別珍《ベルベット》のショールを追加すると、景臣はすたすたと部屋を出ていった。

似合うと思ったから渡したんだ——その声が耳の中にいつまでも残り、春寧は渡された着物の心地よい重さをしばし堪能《たんのう》した。

麻布は、先の時代より武家屋敷《やしき》が建ち並ぶ場所。坂の多い道を、春寧たちは二人乗りの俥《くるま》で通り過ぎ、高台の閑静な住宅地までやってきた。

真っ白に塗られた下見板張りの外壁に、曲線を多用した窓や扉が設けられた見事な洋館が十文字伯爵の屋敷だ。

差し出された景臣の手に摑《つか》まって俥から降りた春寧は、目を瞠《みは》った。今住んでいる麴町の屋敷と比べても、遜色ないほど広くて瀟洒《しょうしゃ》である。

溜息《ためいき》を吐《つ》きながら佇《たたず》んでいると、肩からずり落ちているショールを景臣が無言で直してくれた。

「申し訳ありません、景臣さん」

今日は少し風が強く、しっかり押さえていないとショールがどこかへ飛んでいきそうだった。

下ろしている長い髪も乱れ気味。地面には土埃《つちぼこり》が舞っていて、素晴らしい着物を汚さないように歩くだけで四苦八苦してしまう。

せっかく景臣さんに選んでもらったお着物なのに……上手《うま》く着こなせないのが忍びなくて、春寧が密《ひそ》かに肩を落としていると、壁と同じように白く塗られた玄関の扉がゆっくり開いた。

「やあ、よく来たな」

洋装にステッキを携えた初老の紳士が、気さくに声をかけてくる。

だが、春寧はその斜め後ろに目が釘付《くぎづ》けになった。

――綺麗《きれい》な方……。

紳士のあとに続いて屋敷から出てきたのは、美しい少女だった。

くっきりとした二重の瞳に、すっと通った鼻筋。赤くつやめく唇の両端は少し持ち上がっていて、真っ白な肌によく映えている。

大きな薔薇《ばら》の花が大胆に染め抜かれた、紫の綸子《りんず》の振袖を纏《まと》っていた。きりりと結い上げた髪にも着物の柄と同じ花の飾りがあしらわれ、整った顔立ちを引き立てている。

風が強いのに、少女の佇まいはそれを感じさせないほど悠然としていた。派手な薔薇の着物に、本人が決して負けていない。

あまりの可憐《かれん》さに春寧が何度も瞬きをしていると、初老の紳士が口を開いた。

「ここまで出向いてもらってご苦労だった、真柴くん。……おっと失礼、もう相馬子爵と呼んだ方がいいかな」

「正式な婚姻はまだです。それに俺はこの通り、相変わらずの暮らしぶりです。どうとでも呼んでください。十文字伯爵」

景臣は、相馬家の婿となって子爵の地位を継いだあとも、美術商に専念することになっている。貴族院議員の仕事は他の華族が受け持つはずだ。

初老の紳士、十文字伯爵は「うむ」と頷《うなず》いた。

「では、景臣くんと呼ぼう。そちらにいるのが、君の許嫁だね」

興味深そうに目を向けられて、春寧は慌ててお辞儀をした。

「春寧と申します」

「二人揃《そろ》っての来訪、感謝する。今日は君たちに会えるのを楽しみにしていた。特に、うちの一人娘が待ちわびていたのだよ」

十文字伯爵は、そこで後ろに目をやった。

「お久しぶりね、景臣さん。――会いたかったわ」

可憐な少女がすっと前に歩み出て、片方の膝を折る。もう片方の足は後ろに引いて、一礼した。

カーテシー……西洋の挨拶だ。

すらりと背の高い景臣と、薔薇の着物を纏った少女が並ぶ姿は、額に入れて飾っておきたいくらい美麗である。

少女は優雅な姿勢をいったん元に戻し、輝く大きな瞳で、今度は春寧を捉えた。

「初めまして、あなたが春寧さんね。わたくしの名は薔子《しょうこ》——十文字薔子よ。以後、お見知りおきを」

薔子は再び膝を折り、カーテシーを披露した。

春寧も同じ仕草で返そうとしたが、西洋の挨拶をこなせる自信がなく、代わりに深々と頭を下げる。

「こ、こちらこそ。よろしくお願いいたします」

「まぁ、春寧さん。あなたって……面白い方ね」

薔子はくすっと笑って、お辞儀した拍子に肩からずり落ちた春寧のショールをおもむろに直す。

気恥ずかしさと情けなさで、春寧は俯《うつむ》いた。

薔子の完璧な立ちふるまいを目の当たりにすると、自分がまるでだらしない子供のように思えてくる。

やがて、十文字伯爵は春寧たちを屋敷の中に誘《いざな》った。客間に通されるまでの間に、景臣が春寧に耳打ちする。

それによれば、十文字家は譜代大名の流れを汲《く》んでおり、華族となった今も多くの資産を保有しているとのこと。

現当主の十文字成仁伯爵は美術品の熱心な愛好家で、景臣の祖父の代からの取引き相手らしい。

娘の薔子は、春寧より一つ年下の十七歳。本人の名の一部である薔薇が好きなことから、可憐な容姿と相まって、『薔薇の令嬢』と呼ばれている。

父親の十文字伯爵と商談をしているうちに、景臣は娘の薔子とも顔馴染《かおなじ》みになったのだという。

客間に辿《たど》り着くと、十文字伯爵の妻、久子《ひさこ》夫人が待っていた。つぶらな瞳が優しそうで、落ち着いた蓬萊模様の着物がよく似合っている。

陽光の差し込む明るい部屋の壁には、西洋風の文様が打ち出された金唐革紙が貼られていた。豪華な飾電燈《シャンデリア》の下には、華奢《きゃしゃ》な取っ手のついた白磁の茶器と、たくさんの洋菓子が用意されている。

一人がけのソファに腰を下ろした十文字伯爵の合図で、茶会が始まった。傍らにある長椅子に春寧と景臣が座り、向かい側には久子と薔子が並ぶ。

香り立つ紅茶のお供は、しっとりと口当たりのいい菓子が半分。もう半分は、とめどないお喋《しゃべ》りだった。

「我が家の近くの清田《きよた》侯爵家が、大きな屋敷を普請した。あれは見事だ」

「政府のお抱え外国人が手がけた、素敵なお宅ね。パーティーでもそのお話でもちきりよ。お二人は、うちに来る途中、ご覧になったかしら？」

十文字伯爵と久子夫人が、絶え間なく話題を振ってくる。

しかし、景臣は黙ってお茶を飲むだけで、社交界のことになどまるで興味がなさそうだった。

仕方なく、春寧がなんとか相槌《あいづち》を打つ。

「まだ見ていません。どんなお屋敷なのですか」

顔が引きつっているのが自分でも分かった。

春寧とて、社交界のことには明るくない。相馬家は昔からさほど裕福ではなかったのもあり、華族の集まりに顔を出したことがないのだ。

それでも場を繫《つな》ごうと、必死に笑みを浮かべた。

まだ、肝心な話——曰《いわ》く付きの絵について何も聞き出せていない。その前に伯爵たちが気分を損ねたら、景臣はきっと困るだろう。

日頃の恩返しをするためにも、ここは頑張りたい。

「最近はすっかり春めいて、うちの庭もずいぶん賑《にぎ》やかになってきたわ。春寧さんは、何のお花が好きかしら」

しばらく耐えているうちに、久子夫人が話題を変えた。

「……私は、白い撫子《なでしこ》のお花が」

春寧がそう答えると、ずっと黙っていた薔子が口を開く。

「まぁ。春寧さんは、ずいぶん地味な花が好きなのね。撫子なんて、花壇の賑《にぎ》やかしにもならないじゃない。花といえば、やっぱり薔薇だわ」

「うむ、実に薔子らしいな。……では景臣くん。そろそろ君が聞きたがっていた話をしようじゃないか」

十文字伯爵が、手にしていたカップを置いた。

それまで会話に加わっていなかった景臣は顔つきをきりりと引き締め、春寧も居住まいを正す。

「景臣くんは、女の姿と燃え盛る建物が描かれた絵を探していると言っていたな。そのような品が、今、私の友人の家にある。この目で見たから間違いはない。不気味な代物だった。眺めていると、こう……気が滅入《めい》るのだ」

「絵を所持している十文字伯爵の友人とは、一体誰でしょう」

景臣は、前髪に覆われていない左目をまっすぐ向けて尋ねた。

「香山宗典《かやまむねのり》伯爵だ。彼とは学習院の同期で、今も親交がある。その香山伯爵が少し前、とある画商から一枚の絵を買ったのだ。だがそれから数か月の間に、屋敷が五度も火事に見舞われた」

「五度は多いわね」

夫の話を聞いて、久子夫人が扇子で口元を覆った。確かにそこまで重なると、偶然ではない気がする。

春寧は景臣に小声で尋ねた。

「火事が起きたのは、香山伯爵のお宅にある絵が曰く付きだからでしょうか」

「可能性は大いにある。邪気を放つ品は、持ち主に何らかの被害をもたらす。火事などの災禍に見舞われてもおかしくはない」

二人でひそひそ話している間に、十文字伯爵の顔つきがどんどん渋くなった。

「四度目まではなんとか小火《ボヤ》で済んだが、五度目の火事で香山邸は半分近く燃えてしまった。幸いなことに人命は損なわれなかったが、一家は引っ越しを余儀なくされている。他にもいろいろ、困ったことになっているらしいな。火事が立て続けに起こったのは不気味な絵を得てからだ。何か関係があるとしか思えん……」

「恐ろしいお話ですこと」

身震いする久子夫人の横で、薔子が顔色一つ変えずに言い放った。

「そんな絵、早く捨ててしまえばいいのよ」

「変な風に処分したら、祟《たた》られるかもしれんだろう。飾る場所を選ぶ絵ということもあって買い手もつかず、香山伯爵は困り果てている」

「十文字伯爵。貴重な情報、感謝します。これだけ聞ければ十分だ」

景臣はそこで話を切り上げた。

十文字伯爵は渋面を和らげ、ぱんと一つ手を叩《たた》く。

「そうだ、景臣くん。せっかく美術商の君に来てもらったのだ。見てほしいものがある。数年前に仏蘭西《フランス》で手に入れた壺《つぼ》なのだが、少々飽きたので売却を考えているのだよ。君が買い取ってくれないか。得た金で、久子に翠玉《エメラルド》の指輪でも見繕ってやろう」

久子夫人はぱっと顔を輝かせて立ち上がった。

「まぁ、それはいいわね。景臣さん、さっそく壺を見てちょうだい。置いてある部屋にご案内するわ」

久子夫人と十文字伯爵、そして景臣が客間を出ていく。

春寧もあとを追おうとしたが、薔子に手首を摑《つか》まれて止められた。

「──春寧さん。商談は父たちに任せて、庭の散策をしましょうよ」

「私と、ですか」

「ええ。わたくし、春寧さんと一度、ゆっくりお話がしてみたかったの。今日はそのために、父に頼んであなたも呼んでもらったのよ。さぁ、行きましょう」

薔薇《ばら》の令嬢に微笑《ほほえ》まれたら、拒めない。

薔子は春寧の手首を摑んだまま庭へ出た。そこには大ぶりの牡丹一華《ぼたんいちげ》や乙女椿《つばき》、菜の花などが咲き乱れている。

「やっぱり薔薇がないと殺風景だわ。でも、まだ咲くような時期ではないわね」

薔薇の見頃は初夏と秋だ。三月中に可憐な姿を拝むのはなかなか難しい。

色とりどりの花の中で薔子はつまらなそうに溜息《ためいき》を吐《つ》き、摑んでいた春寧の手を顔の近くに引き寄せた。

「汚らしい、ひどい手だこと」

ふいに吐き捨てるように言われ、軽蔑の眼差《まなざ》しが飛んでくる。

「えっ……」

「うわべだけを綺麗《きれい》な着物で覆い隠しても、こういうところにお育ちが出るのよ――煤《すす》かぶりさん」

春寧はその場に凍り付いた。

薔子の美しい顔には、嘲りの色が浮かんでいる。

「わたくし、蒲郡家の加恵さんと、女学校で仲よくさせていただいてるの。春寧さん。居候だったあなたの話は、よく聞いているわ。落ちぶれて、ずいぶんとみじめな暮らしをなさっていたそうね」

薔子は春寧の手を乱暴に離し、顎を上げた。二重瞼《ふたえまぶた》に縁どられた大きな瞳が、ぐにゃりと歪《ゆが》む。

「どうして、あなたなの」

地を這《は》うような低い声だった。

目の前の可憐《かれん》な少女から発せられたものとは思えず、春寧はごくりと息を呑《の》む。

「どうしてあなたが、景臣さんの許嫁《いいなずけ》になっているのよ。本来なら、わたくしがあの方と結ばれるはずだったのに！」

「薔子さんが景臣さんと……？　それは、どういう――」

春寧の言葉は途中で遮られ、ぱしっと乾いた音が響き渡った。

少しして、頬に痛みが走る。

「景臣さんがお仕事の事情で華族と結婚したがっていらっしゃったことは、以前から知っていたわ。わたくし、あの方を我が家にお迎えしようと、あれこれ準備を進めていましたの。それなのに……」

薔子は春寧をきっと見据えた。

「没落しかかっていた子爵の娘より、伯爵家の娘であるわたくしの方が、景臣さんに相応《ふさわ》しいわ。あなた、どうやって景臣さんに取り入ったの？　この、卑怯《ひきょう》者！」

ぶたれた場所が、ひりひりと熱い。

春寧は薔薇のように美しい少女に気圧《けお》され、何も言えずに立ち竦《すく》む。

「煤かぶりのくせに、いい気にならないでちょうだい。そのうち、わたくしがあなたに、自分の立場を分からせて差し上げるわ」

薔子は高らかにそう宣言すると、草花を蹴散らして立ち去った。

千切れた植物たちが強い風に巻き上げられ、春寧の足元にばさりと落ちた。

第三章　忌まわしき絵画

『この、卑怯者！』

白くすべすべした手が振り上げられた。

ぶたれる……そう思ったところで、春寧《はるね》ははっと目を開ける。

肌触りのよい絹のシーツがかかった寝台《ベッド》の上。花模様の真新しい壁紙《クロス》と、薄桃色をした紅霰《べにあられ》という大理石でできたマントルピースが、窓帷《カーテン》の隙間から差し込むまばゆい日の光に照らされている。

夢を見ていたのだと気付いて、ゆっくりと身体《からだ》を起こした。

薔子《しょうこ》に頰を張られたのは二日前だ。痛みはすぐに引き、痕《あと》なども残っていない。

だが、まだじんわりと熱い気がした。あのときの薔子の怒りに満ちた顔と声は、今でも春寧の心の中にこびりついている。

──卑怯者……。

確かにそうかもしれないと思った。

本来なら、春寧の寝場所はこんなにふかふかの寝台ではなく、煤だらけの薄っぺらい茣《ご》蓙《ざ》だった。

相馬《そうま》子爵家はいつ沈んでもおかしくない泥船だったのに、まだちゃっかりと浮かんでいる。

タダ飯喰《ぐ》らいと文句を言いつつも、蒲郡《がまごおり》家はしばらく春寧を世話してくれた。今は、すべてを景臣《かげおみ》に頼って生きている。

相馬家が存続しているのは彼らのお陰だ。卑怯と言われても仕方がない。

——私は、何もできないのだから。

春寧は溜息を吐いて寝台から降りた。

もう朝だ。できることがないからといって、いつまでも寝間着でだらだらしているわけにはいかない。

あてがわれているのは、板張りの広い洋室。春寧は片隅に置いてある小さな行李《こうり》の中から緑色の縞《しま》木綿を取り出して身に着け、博多《はかた》の半幅帯をきゅっと締める。

着物も帯も、蒲郡家から持ってきた数少ない荷物だった。

今いるこの部屋には納戸が作りつけられていて、中には景臣が呉服屋に持ってこさせた華やかな着物が何枚も入っているが、どれも振りがたっぷりと長い晴れ着や外出着だ。普段着として袖を通すのには向いていない。

だから家の中では、以前から着ていた木綿の着物で過ごしている。少々草臥《くたび》れているが、破れてはいない。これで十分だ。

春寧は身支度を整えると、廊下に出た。

「あっ……」

目に飛び込んできた光景に、驚く。

廊下には台がいくつも置かれていて、上に花瓶が載っていた。そこに、可愛《かわい》らしい花が活《い》けられている。

春寧の大好きな、白い撫子《なでしこ》。

レエスのような花びらにしばし見惚《みと》れていると、年若い女中が通りかかり、すかさず声をかける。

「あの……すみません。このお花は、どうしたのですか」

ゆうべまで、廊下には何も飾られていなかった。それに、まだ三月。撫子の花が咲くには少し早い時期である。

春寧に尋ねられた女中は、静かに答えた。

「旦那さまがいろいろなところに掛け合って、早咲きの花を取り寄せました。屋敷《やしき》内に飾るようにと仰せつかっております」

「景臣さんが……？」

理由は分からないが、可愛らしい花は景臣が用意させたものらしい。

その景臣が今どうしているか尋ねると「お仕事の用事で、もうお出かけになりました」と言われた。

女中はさらに、淡々と言葉を重ねる。

「春寧さま。本日、ご朝食はいかがなさいますか。旦那さまから、春寧さまの好みのお食事を出すように言われています。厨房《ちゅうぼう》に材料を取り揃《そろ》えておりますので、いつでもお声がけください」

「……はい。分かりました」

景臣は食事の献立にまで気を回してくれていた。何もかもが至れり尽くせりで、やはり申し訳なさが募る。

女中が一礼して去ってから、春寧は屋敷の中を歩き回った。

白い撫子は、廊下だけでなく、階段や食事室にも飾られていた。この屋敷はただでさえ広い。あちこちにある繊細な花を眺めているうちに、時があっという間に過ぎていく。

朝食をとるのさえ忘れて、気が付けば正午近くになっていた。玄関ホールのひときわ大きな花瓶に目を奪われながら、春寧はふと考える。

――この花を景臣さんと眺めることができたら、きっと、もっと楽しいはず。

しかし、すぐにぶるぶると頭《かぶり》を振った。景臣には十分よくしてもらっている。一緒に過ごしたいなどと、我儘《わがまま》は言えない。

それに、所詮は政略結婚だ。

お飾りの許嫁など、顔を見るのも嫌なのではないだろうか。だから景臣は春寧を構いもせず、一人にしておくのだ。

『没落しかかっていた子爵の娘より、伯爵家の娘であるわたくしの方が、景臣さんに相応しいわ』

薔子の言葉が蘇《よみがえ》り、胸がずんと重くなる。

確かに、自分は景臣に相応しくない。何もかも世話になりながら、のうのうと暮らす資格など……。

「――春寧。ここにいたのか」

そのとき、ふいに声をかけられて、春寧の思考が途絶えた。

景臣が玄関ホールに立っている。朝から仕事で外出していたようだが、今しがた帰ってきたらしい。

「神妙な顔をしているが、どうした。具合でも悪いのか」

佇《たたず》んでいた春寧を見て、景臣の眉が僅かに吊《つ》り上がった。

「……いえ。なんでもありません。お帰りなさいませ」

春寧は我に返って、景臣に歩み寄る。

そこで初めて、玄関ホールにもう一人、誰かがいるのに気が付いた。灰色の背広と揃いの洋袴《ズボン》を身に着けた、歳《とし》の頃三十代半ばくらいの紳士だ。

景臣はその人物を手の平で指し示した。

「客人をつれてきた。俺の同業者だ」

「これはこれは相馬子爵さま。ご紹介、ありがとうございます。華族さまのお屋敷にお招きいただくなんて、誠に光栄なことで」

「やめろ。お前がそんな喋《しゃべ》り方をすると虫唾《むしず》が走る。第一、俺はまだ結婚していない。いつもの通りにしてくれ」

景臣が顔を顰《しか》めると、へこへこしていた美術商は腰に手を当て、春寧に向かって口角を上げた。

「石崎《いしざき》だ。銀座《ぎんざ》で画廊も経営している。……ほう。これが噂《うわさ》の婚約者か」

「急だが、この石崎と昼食をともにすることになった。少々、話がある」

「そうですか」

春寧は控えめに相槌《あいづち》を打った。

おそらく、昼食をとりながら仕事の話をするのだろう。景臣と一緒に撫子の花を眺めたかったが、関係のない者は引っ込んでいた方がよさそうだ。

……と思ったのだが、石崎は景臣の身体を押しのけて身を乗り出した。

「せっかくの機会だ。許嫁《いいなずけ》も話に加わればいい。客をもてなす気があるなら、承諾してくれるだろう」

こうして、やや強引に春寧の同席が決まった。

撫子がふんだんに飾られた食事室で、三人は大理石のテエブルにつく。

景臣お抱えの料理人が作った昼食を豪快に口に運びながら、石崎は自分のことをぺらぺらと話した。

美術商をしている彼には、華族の顧客がちらほらいる。同じ商売をしている景臣とは対立することもあるらしく、以前から何かと目をつけていたようだ。

その景臣が婚約。しかも相手は子爵令嬢と聞いて、気になっていたという。

「何せ、真柴《ましば》景臣は鬼の美術商だ。同業者の集まりには全く顔を出さず、私生活は謎そのもの……。仕事には一切隙のない孤高の鬼と所帯を持とうとする女がいるなんて、にわかには信じられなくてな。一度、実物を拝んでみたかった」

食後の紅茶を飲みつつ、石崎は無遠慮な眼差《まなざ》しを投げかけてきた。まるで品定めでもされているようだ。

春寧が気まずくなって俯《うつむ》いたとき、景臣がカチャンと音を立ててカップを置いた。

「食事はもう済んだ。そろそろ『あの件』について話してくれ、石崎」

「あの件――ああ、俺が香山《かやま》伯爵に売った、妙な火事の絵か」

「そうだ。俺はとある筋から、石崎が件《くだん》の絵を捌《さば》いたという情報を得ている。今日はその話がしたくて呼んだ。お前はあれを、どうやって手に入れたんだ」

「ふん。品物の仕入れ先なんて、商売敵に教えるわけがないだろう」

石崎はカップを置き、腕を組んでそっぽを向いてしまった。

春寧はそんな石崎に頭を下げる。

「……なんとかお話ししていただけないでしょうか。お願いします」

亡き祖父の願いを叶《かな》えるために、景臣は奔走している。春寧も手助けがしたかった。頭を下げろというなら、何度でもやる。……それぐらいしか、できない。

「あの火事の絵は、横濱《よこはま》に住む外国人から買い取った」

春寧の気持ちが通じたのか、しばらくすると、石崎はしぶしぶ話し始めた。

横濱には港があり、ご一新の前から外国人が多く行き交う場所だ。件の絵は、仕事で滞在していた欧州《ヨオロッパ》出身の通訳が所持していたという。

その通訳が急死を遂げ、残された家族が遺品の整理がてら、石崎に美術品の買い取りを依頼してきた。

火事の様子を描いた問題の絵は、他の絵や彫刻、壺《つぼ》などと併せてかなり安く手に入れたとのこと。

作者不詳かつ、どこか不気味な代物だ。石崎自身はたいした値が付かないと思ったが、なんと、喜んで購入した者がいた。

十文字《じゅうもんじ》伯爵の友人の、香山伯爵である。

「別に、無理に売りつけたわけじゃないぞ。香山伯爵は酔狂な品ばかり求めるきらいがある。試しに見せたら買うと言ってきたんだ」

言い訳めいたことを口にする石崎に、景臣は軽く顎を上げた。

「香山伯爵が絵を手に入れてから、厄介なことが何度も続いているが、石崎はなんとも思わなかったのか」

「そんなの、俺の知ったことではない。伯爵の家が五度も燃えたのは聞いている。売った品に物《もの》の怪《け》でも憑《つ》いていたのかもしれんが、取引きはすでに終わった。これ以上、どうしろと言うんだ」

石崎は冷たい口調で話を終えると、腰かけていた椅子から立ち上がった。そのまま、向かい側に座っていた春寧を一瞥《いちべつ》する。

「ずいぶんとみすぼらしい婚約者じゃないか。まるで庶民のいでたちだ。普段からそんな襤褸《ぼろ》を身に着けているのか？　身体《からだ》つきも貧相だ。相馬子爵家は、噂に聞いている以上に没落していたようだな」

春寧ははっと息を呑《の》み、纏《まと》っていた古い着物を隠すように自分の身体を抱き締めた。

石崎の嘲りの眼差しが、今度は景臣に向けられる。

「真柴景臣。……いや、未来の相馬子爵。後学のために聞くが、特権階級を得るのにいくら使った。こんなにみじめな、落ちぶれかかった華族の娘と無理やり婚姻してまで、爵位が欲しかったのか」

「俺は、各所の許可を得て婚約している。貴様に文句を言われる筋合いはない」

景臣は僅かに眉を顰《ひそ》め、冷静に切り返した。

「やれやれ、なんともあさましい話じゃないか。商売敵として、俺は真柴景臣という人間を多少は買っていたんだぞ。爵位などなくても、お前ならのし上がれたはずだろう。……それに、相馬のご令嬢もずいぶんと物好きだ。いくらお取り潰し寸前とはいえ、鬼の美術商の嫁になろうとするとはな」

「もう黙れ、石崎」

石崎は「はんっ」と悪態をつき、景臣の制止を無視して春寧の傍《そば》につかつかと歩み寄ってきた。

「子爵さまになる方からはお答えがいただけなかったので、婚約者殿に聞こう。——いくら積まれて許嫁になった。それとも、何か弱みでも握られているのか。そうでなければ、仮にも華族の娘が、こんなに気味の悪い、鬼の目を持つような男と結婚する気にはならんだろう」

次の瞬間、春寧は立ち上がっていた。石崎をまっすぐ見つめて、ありったけの声を発する。

「——景臣さんの瞳は、とても綺麗《きれい》です！」

自分の恰好《かっこう》や見た目についてなら、どんな言葉をかけられても聞き流せる。

だが、景臣が蔑まれたことには黙っていられなかった。

どうして、鬼の目などと言うのだろう。景臣の紫色の瞳は、まるで宝石のように美しいのに……。

「はっ。とんだ好き者だな。話していても無駄だ」

くるりと踵《きびす》を返し、石崎は足早に部屋を出ていった。

春寧は拳を握り締めて、一人俯いた。


その夜。

なかなか寝付けず、春寧はとうとう寝台から降りた。

『何か弱みでも握られているのか。そうでなければ、仮にも華族の娘が、こんなに気味の悪い、鬼の目を持つような男と結婚する気にはならんだろう』

昼間、石崎から言われたことが頭を離れない。

景臣の部屋は、春寧の寝室のほぼ反対側にあった。眠るときも起きてからも、二人で一緒に過ごすことは稀《まれ》だ。

広い部屋に一人でいるのに、春寧は息苦しさを感じていた。新鮮な空気が吸いたいと思い、寝間着代わりの襦袢《じゅばん》にショールを羽織って外に出る。

手の中には、大事な紫水晶の簪《かんざし》があった。

景臣と出会うきっかけになった品でもある。これを眺めると、心の中でくすぶっている嫌なものが取り除かれていく気がする。

濃紺の夜空には、僅かに雲のかかった月が浮かんでいた。簪をかざすように持ち上げながら、春寧は屋敷《やしき》の周りを囲む石畳の小径《こみち》を歩く。

そのうち、「あっ」と声を漏らした。

簪についている紫水晶が、月光に照らされてじんわりと光っている。

景臣の瞳にそっくりだ。

春寧は紫色に輝く目を見ても、ちっとも怖くなかった。当たり前だ。大好きなものと似ているのだから。

このことに、なぜ今まで気付かなかったのだろう。

「綺麗……」

そう呟《つぶや》いたところで、足を止めた。

前方に、夜の闇と同じ色の三《み》つ揃《ぞろ》いを纏った、背の高い人物が佇んでいる。

「景臣さん」

名前を呼ぶと、景臣はすぐに振り向いた。駆け寄ろうとする春寧を手で制し、自らこちらへ歩いてくる。

「すぐそこに野兎《のうさぎ》の巣穴がある。踏み壊さないように、少し離れるぞ」

景臣が指さす方を見ると、入り口が草で半分覆われた穴があった。傍には野菜の切れ端が、お供え物のように置かれている。

「あの食べ物は、もしかして景臣さんが……？」

小首を傾《かし》げた春寧に、景臣はやや決まりの悪そうな顔つきをした。

「台所で出た余りを持ってきただけだ。捨てるよりましだろう」

春寧は、景臣の顔をまじまじと見つめてしまった。

——兎にご飯をあげるために、景臣さんはわざわざ外へ出ていらしたの？

そうとしか思えなかった。

景臣はいつも表情があまり変わらない。人を寄せ付けず、また自らも人に近づかず、冷徹な雰囲気を纏っているように見える。

だが本当は……。

「それより、春寧。一体どうした。こんな時間に」

景臣は、ごほんと一つ咳払《せきばら》いをしてから尋ねてきた。長い前髪の隙間から紫色の瞳が僅かに覗《のぞ》いていて、春寧は思わず手元の簪と見比べる。

やはり、似ていた。

とびきり綺麗なものが二つも傍にあって、自然と顔が綻ぶ。

「なかなか眠くならないので、外に出てみました」

春寧は簪を懐にそっとしまって、景臣に近づいた。

「そうか。俺も似たようなものだ」

景臣は立ち去ろうとしていなかった。どこかへ行けとも言われない。

一緒にいてもいいということなのだろう。それに気が付いて、春寧は少し嬉《うれ》しくなる。

景臣の隣に立って、月を眺めた。

簪が近くにあるせいで、長い前髪の隙間から覗いている右の目が、じんわりと紫色に光っている。

月も、景臣の瞳も、酔いしれてしまいそうなほどに美しい。

しばらく佇《たたず》んでいるうちに、春寧は二人で話したかったことを思い出した。

「あ……あの、景臣さん。お屋敷の中に、白い撫子《なでしこ》のお花がたくさん活《い》けてありました。景臣さんがそうするように仰《おっしゃ》ったと聞いています。どうしてですか」

突然、屋敷の中が花で満たされた理由が、春寧にはどうしても分からなかった。

すると景臣は、ぽつりと口を開く。

「あれは、礼だ」

「お礼?」

「先日、春寧は必死に十文字伯爵たちの相手をしてくれた。正直なところ、助かった。ああいう場で、俺は何を話したらいいか分からないからな。花はその礼のつもりだ。——好きだと言っていただろう。白い撫子が」

「では……あのお花は、私のために用意してくださったんですか」

「そうだ」

息を吸い込んだまま、動けなくなった。

黙ってしまった春寧を見て、景臣がやや慌てふためく。

「もしかして、迷惑だっただろうか……」

「いえ。そんなことありません。私——とても嬉しいです！」

溜《た》め込んでいた吐息と、掛け値なしの思いが一気に溢《あふ》れ出る。

景臣は春寧のことをちゃんと見ていてくれた。それだけではない。景臣なりのやり方で、気持ちを返してくれたのだ。

無表情の奥には、優しさが秘められている。胸がじんわりと温かくなって、春寧は潤んできた目をそっと拭った。

その横で、景臣は僅かに顔を伏せる。

「春寧はいつも、今日の昼間に着ていたようなものを、身に着けていたのか」

「はい。ここに来る前から持っていたものです」

「そうか。この間、俺が渡したのはすべて外出着だったな。考えが回らなかった。……よし、今度は春寧の普段着を買おう」

「そんな。大丈夫ですよ。持ってきたもので、十分間に合います」

春寧は急いで頭を振った。

だが、景臣はそれを身振りで制する。

「いや。そういうわけにはいかない。すっかり忘れていたが、夏物も必要だろう。明日《あす》、使用人をつれて買いに行け。いいな？」

あれよあれよという間に翌日の予定が決まった。春寧はこくこく頷《うなず》きながら、おずおずと問う。

「景臣さんも、一緒に来てくださいますか」

「……俺が、一緒に？」

景臣は盛大に首を傾げた。

春寧はしどろもどろになって問いかける。

「あの、何かおかしなことを言ったでしょうか。私の父と母は、よく二人で買い物に行っておりました。お忙しくなければ、景臣さんも……」

「俺が一緒に行ってもいいのか。こんな目を持つ男と、一緒に歩きたくはないだろう」

「そんなことありません！」

春寧は声を張り上げていた。

少し呆気《あっけ》に取られている景臣に、心の中の思いをそのままぶつける。

「昼間も申し上げましたが、景臣さんの瞳はとても綺麗です。誰が、何と言っても」

大事な簪と同じだ。

いや、もしかしたらそれ以上に……。

「私は、大好きです」

「――――」

景臣はその瞬間、ぱっと横を向いた。

口元に手を当ててしばらくぶつぶつと何かを呟いてから、再び春寧の方を向く。

「……では、俺も同行する」

「はい、ぜひ！　私はどのような着物がいいかよく分かりません。だから、景臣さんが選んでください。私に似合うものを」

「分かった」

景臣はゆっくりと頷いた。

長い前髪の間に見え隠れする紫の瞳はやはりとても綺麗だと、春寧は心から思った。

それから一週間が過ぎ、桜の蕾《つぼみ》が大きく膨らんだころ。

景臣と春寧は、とある屋敷の前で俥《くるま》を降りた。帝国大学の傍《そば》。本郷《ほんごう》の一角に建つ、香山伯爵邸である。

十文字伯爵や美術商の石崎から話を聞いた景臣は、現在香山伯爵の手元にある絵が、ずっと探していた曰《いわ》く付きの品だと見当をつけた。

火事の様子を描いた絵を買い取りたい――そのような連絡を入れたところ、香山伯爵本人からすぐに返事が来て、屋敷に招かれたのだ。

五度の火事で焼け出されてしまった香山家の者たちは、最近、この本郷の地に移り住んでいる。

今日は引っ越し祝いを兼ねたパーティーだ。その最中、別室で問題の絵を取引することになった。

新たに香山邸となった広い屋敷は、海鼠《なまこ》壁を模した外壁に覆われ、独逸《ドイツ》破風を有する立派な擬洋風建築だった。

もとはとある侯爵家の持ち物で、仕事の都合で一家が揃《そろ》って海外に行くことになり、香山伯爵が買ったとのこと。

パーティーということもあり、今日は春寧も招待されていた。纏《まと》っているのは、景臣が選んでくれた薄桃色の着物である。

桜の地模様が織り込まれたつややかな生地に、可愛《かわい》らしい花車がたくさん描かれていた。刺繡《ししゅう》がふんだんに施された半衿《えり》と、清楚《せいそ》な輪違いの帯、そして扇を象った真鍮製の帯留が、可憐《かれん》な着物をより素晴らしく見せている。

肩にはレエスの繊細なショール。俥を降りた春寧は、それが落ちないように胸元を押さえる。

すると、景臣が燕尾服《えんびふく》の隠しから何かを取り出した。

「春寧、これを。家で渡そうと思っていたが、忘れていた」

丸い金の台座に、真珠と金剛石《ダイヤモンド》がいくつもはめ込まれたブローチだった。景臣はそれで、ショールの前をしっかりと留める。

背が高いので、やや膝を折る形になった。景臣の顔が思いのほか近づいて、春寧の胸がどきりと跳ねる。

周りには、パーティーに出席する他の華族たちがいた。二人連れの婦人が、春寧たちを見て微笑《ほほえ》む。

「ねぇ、ご覧になって。相馬子爵家のご令嬢だわ。傍にいらっしゃる殿方は、婚約者ね。あの方がじきに爵位を継ぐのよ」

「あら本当。相馬家の方がこういう場に出てくるのは、初めてじゃなくて？」

「素敵ね。まるで、お伽話《とぎばなし》に出てくる騎士《ナイト》と姫君《プリンセス》みたい」

春寧は少し気恥ずかしくなった。

だが、婦人たちの言うことには半分頷ける。春寧自身はともかく、すらりとした体軀《たいく》に細身の燕尾服を纏った景臣は、招待客の中でもひときわ目立っていた。

優雅に膝を折る様は、まさに騎士だ。

「こうして留めておけば、ショールを落とすこともないだろう」

春寧の胸元で輝くブローチを見て、景臣は満足そうに頷いた。

「あ、はい。ありがとうございます。これは、景臣さんが私のために選んでくださったのですか？」

「そうだが。もしかして、趣味には合わなかったか」

「いえ！　とても素敵です。私には勿体《もったい》ないくらい、綺麗《きれい》」

「……勿体なくなどないだろう」

「え？」

景臣は戸惑う春寧の耳元に唇を寄せると、囁《ささや》いた。

「何もかもよく似合っている。——会場まで、手を取らせてくれ」

似合うだなんて、お世辞を言われているのだ。

そんなことは百も承知だったが、春寧は耳まで赤くなった。大人しく手を差し出して、景臣と一緒に歩き始める。

途中、突き刺さるような視線を感じて、振り向いた。

——加恵《かえ》さん。

どうやら、蒲郡家の者もパーティーに招待されているようだ。

朱色の振袖を纏った加恵は、一人佇んで春寧たちのことをじっと眺めていたが、やがてくるくるした髪をばさりと揺らしてどこかへ行ってしまった。

玄関まで辿《たど》り着いた春寧たちは、すぐに奥へ案内された。

十帖《じょう》ほどのその洋間にいたのは、紋付姿の人物だ。歳《とし》の頃五十。恰幅《かっぷく》のいいこの紳士が、香山宗典《むねのり》伯爵である。

「君が相馬家の次期当主、真柴景臣くんだな。今日はよく来てくれた。さっそく、これを見てくれたまえ」

香山伯爵は手短に挨拶を済ませると、部屋に置かれていた画架《イーゼル》を指し示した。そこには絵が載っているようだが、大きな布がかけられていて全貌は見えない。

「問題の絵だ。手に入れてから、儂《わし》の家は五度も燃えた。五度目は、絵を飾っていた部屋から火が出たのだ。家財の大半は焼けたが……これには焦げ跡一つつかなかった。物の怪《もののけ》が憑《つ》いているとしか思えん」

香山伯爵の顔は青ざめていた。傍にある画架におそるおそる目をやり、がたがたと震えている。

春寧も背筋が寒くなった。家が燃えたのに、絵だけが無事なのは気味が悪い。

「……一番手痛いのは、娘の婚礼衣装を失ったことだ」

香山伯爵が肩を落としながら語った話によれば、五度の火事はいずれも夜に起こったという。

一度目はともかく、二度目からは火の始末に気を付けていた。にもかかわらず、災禍に見舞われたのだ。

香山伯爵家には二人の子供がおり、長男の敬輔《けいすけ》は海外に留学している。

妹の弥須乃《やすの》は、現在二十歳。公爵家の跡取りと結婚が決まっていて、すでに嫁入りのための衣装ができあがっていたそうだ。

五度目の火事で、それがすべて灰になった。二か月後に迫っていた弥須乃の華燭《かしょく》の典《てん》は、延期を余儀なくされている。

「娘の婚礼のことは残念だ。それに、火事では周りに多大な迷惑をかけた。消防組の者たちが駆けつけてなんとか延焼だけは食い止めてくれたが、近隣には避難が呼びかけられている。五度も火事を出して、みな、さぞ呆《あき》れているだろう」

白髪のまじった頭を抱えて、香山伯爵は嘆く。

十文字伯爵に話を聞いたとき『他にもいろいろ、困ったことになっている』と言っていたが、いろいろとは、娘の結婚が延期になったことを指していたようだ。

春寧は心の底から香山伯爵に同情した。こうも立て続けに嫌なことが起こるなんて、ただの偶然とは思えない。

「香山伯爵。その絵を見せてください」

景臣が前髪に隠れていない左目を、画架に向けた。

「もちろんだ。こんなもの、すぐに買い取ってくれ。儂はこれのせいで害を被ったのだ。この――忌々しい絵のせいで」

ばさり。

香山伯爵の手で布が一気に取り除かれる。

現れた絵を見て、春寧は身が竦《すく》んだ。

人が一人でなんとか運べるくらいの大きさの画布《カンバス》には、勢いよく燃え盛る炎の様子がくっきりと描かれている。

空も建物も、おどろおどろしい赤に染まっていた。中央には、緋色《ひいろ》の着物を纏い、こちらに背を向けた女性の姿がある。

――火に、見惚《みと》れている……？

春寧は咄嗟《とっさ》にそう思った。女性の顔は見えないが、ゆったりと佇《たたず》んでいるその姿はどこか泰然としている。

まるで、炎をじっくりと眺めているようだ。

「ああ――こうして傍にいるだけで気が滅入《めい》る。もう、耐えられん！」

香山伯爵は、再び絵に布をかけた。

それから、悲痛な顔で景臣を見つめる。

「こんな不気味な絵を買ったのが間違いだった。……かといって、無暗《むやみ》に処分するのも怖くてな。祟《たた》られたりしたらたまらんだろう。景臣くん、どうにかしてくれ。引き取ってくれるというなら、こちらから金を払ってもいい」

「承知しました。商談に移りましょう」

景臣はそのまま金額の交渉に入ろうとしたが、ふと春寧に目を留めた。

香山伯爵も同じ方を見て、ああ……と僅かに笑みを浮かべる。

「年若い令嬢が、取引きの話など聞いていてもつまらないだろう。君は大広間に行って、パーティーに加わってくるといい。火事で住まいを移した儂らを励ますために、今日は友人たちが大勢集まってくれている。この際、暗い気分は払拭したい。せいぜい楽しんでくれたまえ」

景臣がこくりと頷《うなず》いたので、春寧はその場から立ち去ることにした。香山伯爵が呼んだ女中に導かれ、廊下を歩いて大広間に向かう。

設けられた窓から、広い庭が見えた。建物は擬洋風だが、庭園は和の趣が漂っていて、片隅に大きな池がある。

軽く散策ができるようだった。パーティーの最中に気疲れしたらあそこで休めそうだと思い、春寧は幾分ほっとする。

晴れやかな場所に出たら、どうふるまえばいいのか分からない。しかも景臣は商談中で、一人ぼっちだ。逃げ込めそうな場所があって助かった。

それに、春寧の心を軽くするものがもう一つある。

紫水晶の簪《かんざし》。

軽く結い上げた髪に、今日は宝物を挿していた。着物を選んでいるとき「何か頭を飾るものが必要だな」と考え込んだ景臣に、春寧は「それなら」とあの簪を見せたのだ。

曰《いわ》く付きの一品だが、放たれている邪気はさほど強くなく、春寧自身は影響を受けない。身に着けるのなら、これがいい……。

そう申し出ると、景臣は「パーティーの間だけ持ち出すならいいだろう。ただし、誰にも触れさせるな」と言って、自ら春寧の髪に簪を挿してくれた。

春寧が思い出の品をどれだけ大切にしているか、景臣はちゃんと分かってくれている。その心遣いが、足取りを軽やかにさせる。

「会場はこちらでございます。どうぞごゆっくりお過ごしください」

春寧を先導していた女中が、頭を下げて去っていった。

香山家の大広間は、玄関ホールのすぐ手前だった。見事な格子天井から、飾電燈《シャンデリア》が大小合わせて五つも下がっている。

磨き込まれた床がぴかぴかと輝くその部屋には、着飾った華族たちが集《つど》っていた。

一歩足を踏み入れた途端、きらびやかな雰囲気に圧倒されて、春寧はそそくさと壁際に逃げる。

誰とも話さず、ここで大人しくしていた方がよさそうだ……そう思っていた矢先、肩を乱暴に叩《たた》かれた。

「久しぶりね、春寧」

振り返ると、加恵がいた。友人らしき三人の娘たちも一緒だ。

「お……お久しぶりです」

春寧はびくびくと頭を下げる。

何か意地悪なことを言われるのだろうか……身構えていると、加恵の眉毛がふいに八の字になった。

「ねぇ春寧、手を貸して！　あたしのお友達が、体調を崩してしまったの」

とても困った様子だった。「まぁ、それは大変」と目を丸くした春寧に、加恵はなおも縋《すが》り付いてくる。

「お友達は今、庭でしゃがみ込んでいるのよ。空いているお部屋で寝かせてあげたいの。ねぇ、春寧も運ぶのを手伝ってちょうだい」

「分かりました」

春寧はすぐさま頷いた。

加恵の友人なら、きっと若い娘だろう。香山家の使用人たちに任せるより、同じ年頃の女性が介抱した方がいい。

加恵と他の三人に続いて庭へ向かう。

パーティーの参加者は全員広間にいるらしく、足を進めるにつれてだんだんと人気《ひとけ》がなくなってきた。

辿り着いた先にいた人物を見て、春寧ははっと立ち竦む。

「薔子さん……」

池のほとりにいたのは、十文字薔子だった。先日とは別の、あでやかな薔薇《ばら》柄の着物を纏《まと》い、細かい刺繍《ししゅう》が施された緞子《どんす》の帯を締めている。

――やはり、とてもお美しい方……。

春寧は可憐《かれん》な薔子にしばし見惚れていたが、ここに来た理由を思い出し、慌てて口を開いた。

「薔子さんもいらしていたのですね。……もしかして、体調を崩された加恵さんのご友人というのは、薔子さんですか」

すると、美しい顔がたちまち歪《ゆが》んだ。

「まぁ。呑気《のんき》ですこと。――春寧さんって、莫迦《ばか》なのかしら」

「え?」

首を傾《かし》げた瞬間、背中に痛みが走る。

加恵が思い切り突き飛ばしたのだ。なんとか転ばずに踏みとどまった春寧の身体《からだ》は、他の娘たちによって拘束されてしまった。

「春寧をつれてきたわ。これでいいかしら――薔子お姉さま」

動けなくなった春寧を横目で見ながら、加恵は薔子に一礼した。

「ええ。ありがとう、加恵さん。学校にいるときもそうでないときも、あなたはわたくしの言うことをよく聞いてくれて、本当に助かるわ」

「まぁ、薔子お姉さまったら、お礼なんて言わないで！　誰よりもお美しいお姉さまのお役に立てて、あたし、とっても光栄よ。こうしてお声をかけてくださるだけで、天にも昇る気持ち……！」

うっとりと、胸の前で手を組む加恵。残った娘たちも「薔子お姉さま！」と一斉に熱の籠もった声を上げる。

少女たちの眼差《まなざ》しを一身に集めた薔子は、花びらのような唇を震わせてふふっと微笑《ほほえ》むと、再び春寧の方に顔を向けた。

「春寧さんがここに来ていると加恵さんから聞いて、つれてきてもらったの。せっかくだし、華族同士、交流を深めませんこと？　お話ししましょうよ――ゆっくりと、ね」

うふふ、うふふ。

池のほとりに、少女たちの意味ありげな笑い声が響く。

『そのうち、わたくしがあなたに、自分の立場を分からせて差し上げるわ』

以前に言われたことが、心の中に蘇《よみがえ》った。

これから何が起こるのか……すべてを悟った春寧は踵《きびす》を返そうとしたが、もう遅い。

「春寧さん。これまで社交の場に出なかった相馬家のあなたが、今日はどうしてパーティーにいらしたの」

薔子の顔つきははっきりと険しくなった。声も一段低くなり、薔薇の着物を纏った身体からは、剣呑《けんのん》な雰囲気がひしひしと漂ってくる。

「それは、私も香山さまからご招待を受けて……痛っ」

春寧が言い終わらないうちに、頰に手が飛んできた。

「招待されても引っ込んでいなさい。あなたみたいな卑怯《ひきょう》者が、景臣さんの隣を歩くなんて許せなくてよ。言ったでしょう。景臣さんの妻になるのは、このわたくしだったの。わたくしの夫は、あの方しかおりませんのよ！」

「薔子さんは、景臣さんのことが……お好き、だったのですか？」

おずおずと尋ねた春寧に、今日一番の怒声が浴びせられた。

「お黙りなさい！」

もう一度、頰を打たれる。

春寧が呆然《ぼうぜん》としていると、今度は加恵が歩み出てきた。

「あたしの家にいたときは人前に出られないほどみすぼらしかったのに、そんなに高い着物をこれみよがしに着るなんて……。それに、春寧の夫になるのは鬼みたいな人ではなかったの？　聞いていたのと、全然違うっ！　あんな殿方にエスコートされて、おまけにブローチまでつけてもらって……あたしより目立っているじゃない。ひどいわっ！」

「ブローチ？　ああ、これかしら」

地団駄を踏む加恵の隣で薔子は薄い笑みを浮かべ、春寧が羽織っていたショールを引っ張った。

織細なレエスはあっけなく裂け、景臣が留めてくれたブローチが外れる。

「素敵な品ね。景臣さんが贈ってくださったのなら、これは本来の妻であるわたくしのものよ。持ち帰らせていただくわ」

春寧はブローチを取り返そうとしたが、取り巻きの少女に押さえられていて動くことができなかった。

薔子はそれを見て、真っ赤な唇の端をくいっと持ち上げる。

「あなたみたいな地味な人、景臣さんには似合わないわ。わたくしは、女学校では成績優秀。西洋の言葉や舞踏も一通り身に付けておりますの。わたくしなら、きっと景臣さんのお役に立てる。──わたくしと違って無能なあなたに、一体何ができるのかしら」

「それは……」

春寧は言葉に詰まった。

俯《うつむ》きかけたところに、加恵の手がするすると伸びてくる。

「やだ。春寧ったら、まだこんな薄汚い簪《かんざし》を持っていたの?」

「あ、やめて……」

抵抗虚《むな》しく、紫水晶の簪が髪から抜き取られた。

鈍く光る銀の土台を握り締め、加恵は思い切り顔を顰《しか》める。

「やっぱり、眺めていると気が滅入《めい》るわ。──ねぇ薔子お姉さま、聞いて。この簪、気味が悪いの。うちに居候していたときから、春寧はこれを握り締めてにやにやしていたのよ。早く処分してほしかったのに聞き入れてもらえなくて、あたしやお母さまは、ほとほと参っていたの」

薔子は「まぁ」と大袈裟《おおげさ》に目を見開き、加恵から簪を受け取った。

「本当に不気味な品だこと。きっと呪われているのよ。今、この香山伯爵家にも、そういう絵があるんですって。置いておくと火事になるそうよ」

少女たちが「きゃあ怖い」と笑いながら騒ぎ立てる。

春寧は身体を押さえつけられながらも、簪に手を伸ばした。

「薔子さん。それを返してください」

「あらあら、必死な顔。これは春寧さんにとって、とても大事なものなのかしら」

薔子は簪についた紫水晶をちらりと一瞥《いちべつ》し——口元を歪めた。

美しく、そしてひどくおぞましい笑みを目の当たりにして、春寧の背中がぞわりと粟立《あわだ》つ。

「こんな不気味なもの、いらないでしょう。わたくしが処分して差し上げるわ」

「あっ……！」

白くなまめかしい手で、薔子は簪を放り投げた。

すぐ傍《そば》は池だ。大事な宝物が、春寧の目の前で、濁った水の中に沈んでいく。

「そんな……！」

身体を押さえている少女たちを渾身《こんしん》の力で振り切って、春寧は池に飛び込んだ。綺麗《きれい》な着物が泥水を吸い、足にべったりとまとわりつく。

数歩進んだところで急激に深くなり、それ以上は進めなくなった。水の冷たさと絶望が、一気に這《は》い上がってくる。

「春寧！」

その場にへたり込みそうになったとき、鋭い声が飛んできた。

燕尾服《えんびふく》に身を包んだ景臣が、風を切ってこちらに向かってくる。後ろには、青いドレスを纏った女性がいた。

「春寧、大丈夫か」

突然現れた二人を見て、薔子や加恵、取り巻きの少女たちは気まずそうな顔をする。

景臣はふくらはぎまで水に浸《つ》かった春寧を池のほとりに引き上げた。

「……景臣さん」

春寧は立っているのがやっとだった。

大事な簪は、濁った池の中だ。もう、二度と戻ってこない……。

「ここでみなさんが揉《も》めているのを見て、私が景臣さんにお声をかけたの。一体、どうなさったの？」

青いドレスの女性が口を開いた。

彼女が景臣を呼んできてくれたようだ。問いかけられた薔子たちは、何も答えずにそっぽを向く。

すると景臣は春寧の身体を強く引き寄せ、左目で少女たちを睨《にら》んだ。

「春寧に——俺の妻に、何か用か」

「俺の妻……ですって。お二人はまだ、結婚したわけではないのよ！」

蕾子が眉をぴくりと吊《つ》り上げた。

景臣は美しい薔薇の令嬢を一瞥し、さらりと言い放つ。

「だからどうした。些細《ささい》なことだ」

「なっ……」

蕾子は豪華な着物に包まれた細い肩をわなわなと震わせ、紅が滲《にじ》むほど強く唇を噛《か》み締めた。

次の瞬間、春寧の身体がふわりと宙に浮く。

「商談は済んだ。特に用がないなら帰らせてもらう。――行くぞ、春寧」

逞《たくま》しい腕の感触。

景臣に抱き上げられているのだと気付いて、春寧は赤面した。あたふたしながらも、必死に口を開く。

「景臣さん。私、一人で歩けます。下ろしてください」

「断る。顔色がよくない」

「でも、重いでしょう？　私、ずぶ濡《ぬ》れですし、このままでは景臣さんのお召し物まで汚れてしまいます」

言葉を返す代わりに、景臣は腕に力を籠めた。そのままくるりと踵を返し、少女たちに背を向けて歩き出す。

薔子の視線が、いつまでも突き刺さっていた。その表情があまりにも恐ろしく、春寧は景臣に抱きかかえられたまま身を竦《すく》める。

「……一人にして、すまなかった」

やがて誰もいなくなったところで、ぽつりと声がした。それは硬い胸板を通して、腕の中の春寧に届いてくる。

「私は大丈夫です。景臣さん」

そう返しつつも、レエスのショールは千切れ、身体《からだ》はずぶ濡れ。高級な着物を池の水で汚してしまった景臣にはたいそう心配をかけてしまったようだ。

ことも申し訳なく思い、少し俯く。

景臣はそんな春寧を覗《のぞ》き込み、微《かす》かに息を呑《の》んだ。

「春寧。あの簪はどうした。髪には挿していないようだが……」

簪という言葉が、悲しみを募らせた。起こったことを正直に話そうとしたが、春寧はあえて言葉を胸の奥に押し込める。

景臣に伝えても、宝物は戻ってこない。余計に心配をかけるだけだ。

「気になさらないでください。……私は、大丈夫です」

大丈夫、大丈夫。

心の中で念じながら、無理やり笑顔を作る。

「それより、先ほど、皆さんの前で『妻』と呼んでくださって、嬉《うれ》しかったです。ありがとうございます」

「俺は――事実を言ったまでだ」

景臣はもう一度腕に力を籠めた。

春寧はしばしの間、それに身を任せていた。大事なものを失《な》くした悲しみに、じっと耐えながら……。

第四章　洋装の令嬢

『わたくしと違って無能なあなたに、一体何ができるのかしら』

頭の中に、薔子《しょうこ》の声がうわんうわんとこだまする。

無能——確かにその通りだと思った。

華族に名を連ねているというのに、春寧《はるね》にはこれといって秀でていることはない。優雅なカーテシーを披露することもできない。

そもそも、自分のことさえままならないのだ。大事な簪すら、守ることができなかった……。

「春寧。この絵を見て、何か思うことはあるか」

景臣《かげおみ》に声をかけられて、思考の海に沈んでいた春寧はびくっと身体を震わせた。我に返り、慌てて首を横に振る。

「何か思うこと、ですか。……いいえ、特には」

香山《かやま》家でパーティーがあった日、景臣は例の火事の絵を引き取ってきて、麹町《こうじまち》の自分の屋敷《やしき》に飾った。

あれから一週間。問題の品は今も客間の壁にかけられているが、春寧たちの周りに異常はない。

今は、二人でその絵を眺めている。

普段は家の中にいてもあまり話しかけてこない景臣が、珍しく春寧を誘ってきたのだ。

「お前の意見が聞きたい」と。

――せっかく景臣さんと一緒にいるのに、途中で考え事をするなんて。

春寧は自分の顔をぴたぴたと叩《たた》いて、頭の中にあったもやもやを一度外に追い出した。

そうしてから、改めて絵に向き合う。

燃え盛る建物と、緋色《ひいろ》の着物を纏《まと》った女性。全体的に色使いがやや毒々しいこともあり、一見するとおどろおどろしい雰囲気だ。

だが何度も眺めているうちに、さほど恐ろしくなくなった。

目が慣れたのだろうか……春寧がそう思っていると、長い指がすっと画布《カンバス》に伸びる。

「春寧。俺の右目は、今、どうなっている。光っているか」

景臣は左手で絵に触れ、右手で前髪をかき上げた。

「いいえ。変化はありません」

景臣の右目は相変わらず綺麗な紫色をしているが、光ってはいない。

「そうか、やはりな……。一週間ほどここに飾って様子を見ていたが、この絵はどうやら、邪気を発していないようだ」

長い前髪で紫色の目を隠すと、景臣は僅かに肩を落とした。

春寧は驚いて、画布と景臣を何度も見比べる。

「では、これはただの絵画なのですか？　でも、香山伯爵のお宅では、五度も火事が……。その火事で家財が焼け落ちてしまったのに、絵は無事だったと聞きました」

春寧には、何か人知を超えた力が働いたとしか思えない。

景臣はもう一度絵の表面を軽くなぞってから言った。

「取引きのときに香山伯爵から聞いたが、火事の際、絵は真鍮《しんちゅう》製の額縁に収められていたそうだ。その額縁はひどく損傷したようだが、中身は守られたと考えられる」

「絵が綺麗に残ったのは、曰《いわ》く付きだからではなく、額縁のお陰なのですね」

「そうだ。五度も立て続けに火が出たのは気になるが、少なくともこの絵のせいではないだろう。俺の右目が光っていない以上、これは邪気など纏っていない」

「あの……そもそも、邪気に中《あ》てられると、人はどうなってしまうのでしょう」

何度か『曰く付き』や『邪気』という言葉を耳にしているが、春寧はその影響が今ひとつよく分かっていなかった。

ここで改めて聞いておきたい。

「邪気を放つ曰く付きの品に触れ続ければ、気が滅入《めい》ったり、体力を奪われたりする。品自体が火事などの災禍を呼ぶこともある。最終的には——所持している者が、自ら災いとなる」

「自ら、災いに？」

「ああそうだ。邪気に身体を蝕《むしば》まれた者は、悪《あ》しき存在に変わる。破壊や破滅への願望……そういった負の衝動が抑えられなくなって、いつしか周りに牙を剝《む》く。さんざん災いを振り撒《ま》いたあと、その牙は最後に自らの身体を貫く。今、俺が探している絵は、曰く付きの中でも特級品だ。早く回収しないと大変なことになる」

所持している者を含めて、すべてを滅ぼす恐ろしい存在——そのことを滔々《とうとう》と説明してから、景臣は重くなった空気を振り払うようにふっと一つ息を吐き、春寧を見つめた。

「一方で、さほど影響のない品もある。春寧のあの簪《かんざし》は、邪気が強くなかった。手にしていても、せいぜい気鬱になる程度だ。周りに災いをもたらすことはない」

「そうなのですか」

相馬《そうま》家は落ちぶれ、母は亡くなってしまったが、それはあの紫水晶の簪とは何の関係もないということなのだろう。

「僅かでも邪気を放っている品は回収しておいた方がいいと思うが、春寧ならあの簪を身に着けていても問題ないだろう。そもそもお前は、邪気の影響を受けないからな」

「そのようですね。触れていても、平気でしたし……」

大事な簪の話をしているうちに、それがすでに失われてしまっていることを改めて実感した。

涙が零《こぼ》れそうになったが、春寧はぐっと堪《こら》えて、わざと明るい口調で尋ねる。

「私は、どうして邪気の影響を受けないのでしょうか」

景臣は僅かに首を捻《ひね》った。

「真柴《ましば》の家に、半人半妖の件を記した古い書物が伝わっている。それによれば、春寧と同じ体質の者が時折存在するそうだ。巫女《みこ》や神官の家系に多いらしい。親戚や先祖に、そのような者はいないか」

「あ、それなら、母方のご先祖さまが……」

母親の家系を辿《たど》っていくと、陰陽師《おんみょうじ》の一族に辿り着くと聞いたことがある。

考えてみれば、簪はもともと春寧の母が所持していたものだ。母親も気が滅入るとは言っていなかったので、邪気に耐性があったと思われる。

春寧がそう告げると、景臣は納得したような顔つきになった。

「なるほど。春寧の体質は母親譲りか。謎が解けた」

春寧もすっきりした。

だがここで、また別の疑問が湧いてくる。

「今までに集めた曰く付きの品は、どこにあるのですか」

「この家の地下に、専用の蔵がある。回収した品はそこに置いてある。僧侶や祈禱《きとう》師の力を借りて普請した特別な場所だ。厳重に封じ込めて、邪気が外に漏れないよう、俺が監視している」

「景臣さんご自身は、邪気の影響を受けないのでしょうか」

「平気だ。影響は皆無ではないが、俺には人ならざる力があるから跳ね返せる」

そこで景臣はいったん口を噤《つぐ》んだ。紫色の目を軽く手で覆ってから、かなり深い溜息《ためいき》を吐《つ》く。

「……とにかく、この火事の絵に俺の右目は反応を示さない。つまり、探していた曰く付きの品ではないということだ」

多くは語らないが、その顔には明らかに落胆の色が浮かんでいた。

何だか、春寧まで悲しくなってくる。

「残念です。景臣さんは一生懸命、絵を探していたのに……」

「そんな顔をしないでくれ」

景臣は声を詰まらせて春寧に身を寄せた。普段はきりりとしている眉が僅かに下がり、妙にそわそわしているように見える。

「そんな顔をされると、俺は……」

一人で何か呟《つぶや》いたあと、景臣は下の方に視線を落とした。

そこにあった春寧の手を、そっと取る。

この屋敷に来てからしばらく経《た》ち、ひび割れて荒れていた指先は少しずつよくなっていた。

僅かにかさつきが残るだけとなった手の甲を親指で軽くなぞり、景臣はふっと表情を緩める。

──景臣さんが、笑ってる。

春寧は驚いて、少し高いところにある顔を覗《のぞ》き込んだ。

「あの、景臣さん……」

声をかけると、景臣はぱっと春寧の手を離し、ややあたふたした様子でごほんと咳払《せきばら》いをする。

「曰く付きの絵の件は、俺がまた一から調べる。春寧は好きに過ごせ」

「何か、私にできることは……」

「お前は何もしなくていい」

ぴしゃりと言われてしまった。仕方がない。美術品に詳しくない春寧が、景臣の力になることなどできないだろう。

──私が、無能でなければ……。

春寧が僅かに俯《うつむ》いたとき、客間のドアが控えめに叩かれた。

景臣が入室の許可を出すと、若い女中が顔を覗かせる。

「お客さまがお見えになりました。香山家の弥須乃《やすの》さまです。旦那さまと春寧さま、お二人にお会いしたいとのことです」

「香山伯爵家の令嬢だと？　俺たちに何の用が……」

首を傾《かし》げながらも、景臣は客を案内するように命じた。

ほどなくして、部屋に一人の令嬢が入ってきた。髪を螺旋《らせん》状に結い上げ、若草色の洋服を颯爽《さっそう》と着こなしている。

その顔に、春寧は見覚えがあった。

先日、香山家のパーティーで、景臣とともに池のほとりに駆けつけたあの女性だ。

「約束もなしに訪れてごめんなさい。お目通りいただけて嬉《うれ》しいわ。景臣さんとはこの間少しだけお話ししたけれど、許嫁《いいなずけ》の方とはまだ挨拶も交わしていませんね。初めまして、弥須乃です」

弥須乃ははきはきと言って、にっこり笑った。

明るく親しみやすい雰囲気に、春寧まで顔が綻ぶ。

「春寧です。こちらこそ、よろしくお願いいたします」

女中がお茶の用意をしてくれたので、春寧たちはいったん席についた。

が、弥須乃は紅茶や茶菓子にはあまり興味を示さず、壁のあたりにそわそわと目をやる。

「うちから引き取った絵、ここに飾ってあるのね」

やがて耐えられなくなった様子でぱっと腰を上げ、例の火事の絵の前に立った。

じっと見入ったあと、景臣の方をくるりと振り向く。

「美術商の真柴景臣さん……いいえ、次期相馬子爵。今日はお願いがあって来ました。この絵を、私に返していただけないでしょうか！」

突然の申し出に、景臣は椅子の上で動きを止めた。春寧も面食らって、口元に手を当てる。

「無理なことを言っているのは自分でも分かっています。でも、私、この絵が好きなんです。景臣さんは、いくらでこれを買い取ったのですか？　同じ額をお支払いしますから、どうか返してください」

弥須乃は一生懸命頭を下げた。

景臣は身振りでそれを制し、ゆっくりと尋ねる。

「絵の返却は、香山伯爵の希望なのですか？　伯爵は、これが立て続けに起こった火事の原因だと思っている。一刻も早く処分したがっていたようだが……」

「父の意見は関係ありません！　だって、この絵は、もともと私のものなのですから」

強い口調で言ったあと、弥須乃はぽつぽつと説明を始めた。

美術商の石崎《いしざき》から問題の絵を見せられたとき、真っ先に「欲しい」と手を挙げたのは、香山伯爵ではなく弥須乃だったらしい。

無論、伯爵自身も気に入ってはいたが、弥須乃の強い希望があったからこそ、絵は香山邸に飾られることとなった。

「私はこの絵に一目で惹《ひ》き付けられました。燃え盛る炎の独特な色使い……綺麗《きれい》なものをただ綺麗に描いただけの、つまらない絵とは全然違うわ。まさに、真の芸術よ！　それに、火事なんてちっとも怖くない。だって、火が出てもすぐに消防組が消し止めてくださるもの。お二人ともご存じ？　火消しの方って、本当に素敵なのよ」

おどろおどろしい絵を眺めて、弥須乃はうっとりとしている。

消防組とは、ご一新のあと政府が作った組織だ。火事が起こると現場に急行して、消火活動をする。

確かに、彼らの活躍で怪我人《けがにん》は出なかった。だが、あまりにも恐れを知らぬ令嬢の発言に、春寧と景臣は顔を見合わせて溜息を吐く。

弥須乃は一通り絵を眺めると、今度はぷりぷりと怒り出した。

「こんな素敵な絵を、お父さまったら、私に内緒で景臣さんに売り払ったのよ。ひどいわ。強く抗議して、買い戻すことを伝えました。今の家には離れがあるから、そこに飾ります。母屋には持ち込まないと言ったら、お父さまはしぶしぶ……いえ、ちゃんと了承してくれました」

話を聞いているうちに、娘に言い負かされて小さくなっている香山伯爵の姿がありありと浮かんできた。

弥須乃は颯爽とした見た目を裏切らず、闊達《かったつ》な令嬢のようだ。

「分かった。絵は返却しましょう」

景臣は一つ頷《うなず》いた。

春寧が「いいんですか」と囁《ささや》くと、同じように小声で返してくる。

「この絵は曰《いわ》く付きではない。返しても問題ないだろう」

「ありがとうございます、景臣さん！」

弥須乃はにっこりと笑い、それからまた、炎が燃え盛っている絵を眺めた。ひどく、熱い眼差《まなざ》しで。


「春寧さん。この間は大丈夫だったかしら」

弥須乃が、春寧に向かって少し身を乗り出す。

絵の返却が決まったあと、景臣は仕事で自室に籠もった。弥須乃は春寧と話がしたいと言って、まだ屋敷《やしき》に残っている。

客間から春寧の部屋に場所を移し、二人で茶会の続きをすることになった。

窓帷《カーテン》は開いているが、日が陰って室内が薄暗くなったので、テエブルの上には火を灯《とも》して使う洋燈《ランプ》が載せてある。

女中が新たに持ってきてくれた菊型の洋菓子――マドレエヌを齧《かじ》りつつ、弥須乃は苦笑した。

「パーティーのとき、薔子さんたちが春寧さんにひどいことをしているのを見かけて、呆《あき》れたわ。すぐに景臣さんを呼んできたけれど、怪我《けが》などはしていないわよね」

「はい。あのときは助かりました」

春寧の身体《からだ》はなんともない。簪《かんざし》は、なくなってしまったが……。

「十文字《じゅうもんじ》家の薔子さんと蒲郡《がまごおり》家の加恵《かえ》さんのことは、他のパーティーで見かけたことがあるの。少しだけお話もしたけど……あんな意地悪をする方だとは思わなかったわ。あのあと、また何かされていない？　今日は絵を返してもらいにここへ来たのだけど、春寧さんのことも心配で、顔が見たかったの」

弥須乃の言葉に、春寧は胸が熱くなった。

「私のことを気にかけてくださったのですね。ありがとうございます、弥須乃さん」

「どういたしまして。パーティーの日は全然話せなかったから、こうやって一緒に過ごせて嬉しいわ。……ねぇ、それ、可愛《かわい》い着物ね」

弥須乃は春寧の着物に目をやり、微笑《ほほえ》む。

今日身に着けているのは、市松模様の絣《かすり》お召だった。

きゅっと締まっていて張りのある、お召特有の感触が心地よい。そこに、牡丹《ぼたん》の花の刺《し》繍《しゅう》が施された黒繻子《じゅす》の帯を合わせている。

これらは、景臣の祖母が日常的に身に着けていたものだ。幸いにも、寸法はぴたりと合う。

　先日注文した春寧の普段着が仕立て上がるまでの間、これらで凌《しの》げと景臣に言われていた。だが『凌げ』という言葉が失礼に思えるほど、残されている着物はどれも立派だった。使用人たちがきっちり管理していたお陰だ。

「弥須乃さんのドレスも、素敵です」

　今度は春寧が褒めた。そのあとは、テエブルの上に載っている菓子の話題でひとしきり盛り上がる。

「そういえば、このお屋敷には撫子《なでしこ》の花がたくさん活《い》けてあるわね」

　やがて弥須乃がそんなことを口にした。

　初めて屋敷内で撫子を見かけた日から、それが絶えることはない。おそらく、景臣が春寧のために気を遣い、常に周りを花で満たしてくれているのだろう。

「景臣さんが用意してくださいました。撫子は、私が好きなお花なんです」

　春寧が言うと、弥須乃はぱっと顔を輝かせた。

「あら、私も大好きよ。気が合うわね！　春寧さん。私たち、いいお友達になれそう」

「お友達……」

　こんなことを言われたのは初めてだ。女学校を途中でやめてしまった春寧には、親しい友人がいない。

「ねぇ春寧さん。私、あなたともっと仲よくなりたいの。時々、こうして会ってくださる？」

「――はい！」

思い切り頷くと、弥須乃は屈託のない笑顔を見せてくれた。素敵な友達ができて、春寧も涙が零《こぼ》れそうなほど嬉しい。

「絵を返してもらえることになったし、春寧さんとお話もできたし、今日はここに来てよかった」

弥須乃は笑顔のまま言った。

その途端、件《くだん》の絵が春寧の頭の中にくっきりと描き出される。

「……弥須乃さん。あの絵を、本当にお屋敷に戻すのですか？」

景臣の右目が反応しないことから、絵は曰く付きではないと判明している。だがやはり、見ていて気持ちのいいものではない。

弥須乃は、春寧に勝気な目を向けた。

「私、あの絵を絶対に手放したくないの。あれはお守りのようなものよ」

「お守り？」

「そう。絵を飾ってすぐ、うちから火が出たの。あっという間に消防組の人が駆けつけて、私を炎の中から助け出してくれたわ。あの絵を見ると、彼らの雄姿を思い出すの。特に纏《まとい》持ちの方が、本当に素敵だった……。私はあの絵も火事も、全然怖くないわ」

かつて用いられていた龍吐水《りゅうどすい》は全廃され、ポンプなどの新しい道具が取り入れられているが、消防組の働きぶりは、基本的にご一新前の火消しとあまり変わらない。水での消火と並んで建物を壊す荒っぽいやり方も続けられているし、火事場の花形、纏持ちも健在だ。

帝都の人々にとって、勇ましい火消しは、今も昔も憧れの存在である。

「でも、火事でお屋敷は燃えてしまいましたし、弥須乃さんの婚礼衣装も……」

春寧が眉を顰《ひそ》めると、弥須乃はきっぱりと言い切った。

「婚礼衣装なんてどうなってもよかったのよ。私――結婚したくなかったから」

「えっ」

「許嫁は、父が勝手に決めたの。相手を選ぶとき、家格や肩書きだけに重きが置かれて、結婚する私の気持ちは誰も考えてくれなかった……」

華族が婚姻する場合は、花嫁と花婿だけでなく、家同士が結びつくことになる。宮内省の許可も必要だ。当人たちの一存では決められない。

弥須乃もそのことは十分承知しているはずだった。だが、勝気な瞳に、今は涙が光っている。

「私の父と母も、結婚を勝手に決められたそうよ。目的は、伯爵家を存続させる——ただそれだけ。結果として、両親は離縁したわ」

「離縁……ですか」

言われてみれば、香山邸では夫人の姿を一度も見かけていなかった。

「跡継ぎである兄と、他の華族と婚姻させて繋《つな》がりを作るために必要な私……二人の子供をもうけてから、両親は婚姻を解消したの。別れる前は、毎日いがみ合っていたわ。当たり前よね。口さえ利いたことのない状態で夫婦になったんだもの。政略結婚なんて、上手《うま》くいくはずないわよ」

政略結婚……まさに春寧が進もうとしている道だ。次々と放たれる言葉が、胸に深く刺さる。

弥須乃はとうとう顔を覆って泣き出した。

「このままでいくと、私も父と母のようになるわ。よく知りもしない人と、なぜ添わなくてはいけないの？　家柄なんて二の次よ。贅沢《ぜいたく》も言わない。嫁ぐなら、心からお慕いできる方がいい」

家のため、矜持《きょうじ》のため……。華族の結婚には、何枚もの重たい手札が付きまとう。それは、当然のことだ。

だが、その『当たり前』の裏で、一体何人の少女たちが泣いているのだろう。

「弥須乃さん……」

春寧が背中にそっと手を添えると、弥須乃は涙を拭って顔を上げた。

「ごめんなさい。少し重たいお話になったわね。春寧さん。気分を変えるために外に出ましょうよ。お庭を見せていただけないかしら」

「はい。ご案内します。野兎《のうさぎ》の巣があるんですよ」

「本当？　それは楽しみだわ！」

弥須乃の顔に笑みが戻り、春寧は安堵《あんど》する。二人で立ち上がりかけたとき、部屋の扉が静かに開いた。

先ほど自室で仕事をすると言っていた景臣が、遠慮がちに中に入ってくる。

「景臣さん。お仕事は終わったのですか」

尋ねた春寧に、景臣は「いや」と首を横に振ってみせた。そのまま弥須乃に目をやって静かに告げる。

「例の絵の梱包《こんぽう》が済んだそうだ。よければ、香山邸までうちの使用人に運ばせるが」

どうやら弥須乃に言伝《ことづて》があったようだ。

「あら。お心遣い、ありがとうございます。でも、私も供の者をつれてきておりますので、絵は彼らに運ばせますわ」

この麴町の屋敷には、従者室《バレットルーム》がある。客人に付き添ってきた使用人や車夫が待機するための部屋だ。

今は、弥須乃の従者が何人か、そこで控えているはずである。

「もしかして、それを伝えるために、わざわざお仕事を中断してこちらにきてくださったのですか？　言伝くらい、使用人の方でも構いませんでしたのに」

弥須乃は、景臣に向かってにっこり笑いかけた。

「使用人の手を煩わせるより、自分で来た方が早い。それに、春寧の顔も見……」

自分の名前が呼ばれた気がして春寧は僅かに首を傾《かし》げたが、景臣は言葉を濁してごほんと咳払《せきばら》いをした。

「いや、とにかく、たいした手間ではない。それより、先ほどちらりと聞こえたが、庭に出るのか」

春寧は「はい」と頷《うなず》いた。

「景臣さんがこの間教えてくださった、野兎の巣穴に弥須乃さんをご案内します。もちろん、間違って兎のお家《うち》を壊さないように気を付けますね」

「そうか。ゆっくりするといい。俺は自室に戻る」

景臣は颯爽《さっそう》と部屋を出ていった。

「弥須乃さん。では改めて、お庭にご案内します」

「そうね。行きましょう」

春寧たちも席を立った。

だが、弥須乃はそこで立ち止まり、テエブルの上の洋燈に視線を向ける。

「弥須乃さん、どうされたのですか」

春寧が声をかけると、弥須乃はうっとりとした顔つきで言った。

「ねぇ春寧さん。炎って、とても綺麗《きれい》ね……」

洋装の令嬢の瞳に映り込んだ小さな火は、ゆらゆらと揺れていた。


景臣の許嫁《いいなずけ》となり、麹町の家に移り住んでから一月《ひとつき》が過ぎた。四月の帝都には桜が咲き乱れ、春爛漫《はるらんまん》の様相を呈している。

今日、春寧は父親の見舞いに行った。

直政《なおまさ》の容体は相変わらずだ。白いシーツの上に、痩せた身体《からだ》を横たわらせているだけ。意識がはっきりすることは、もうないと言われている。

——お父さま。私、大事な簪《かんざし》をなくしてしまいました。守れなくて、ごめんなさい。

肉が落ちて骨だけになった父親の手を握りながら、春寧は詫《わ》びた。返事の代わりに、乱れのない安らかな呼吸の音が聞こえてくる。

二度と話せなくても、薬が効いていて寝顔が穏やかなことが救いだった。命の炎はきっと徐々に細くなり、やがて静かに消えていくのだろう。

景臣と春寧が婚約してから、直政は広く日当たりのいい病室に移された。寝台《ベッド》も大きくなり、心なしか顔色が少しだけよくなっているように見える。

景臣が資金を出し、病院に働きかけてくれた結果だ。

蒲郡家にいる間は次々に言いつけられる掃除や雑事に追われ、二月《ふたつき》に一度見舞いができればいい方だった。

今は、好きなときに行けばいいと言われている。

景臣にはいくらお礼を言っても足りない。春寧は恩恵を受けてばかりだ。このままではいけないという思いが、日に日に強くなる。

何か自分にできることはないか……そう尋ねたかったが、景臣は最近とても忙しそうで、声などかけられなかった。

あの火事の絵が曰《いわ》く付きの品ではないと分かってから、連日、朝から晩まで出かけているのだ。

『景臣さんなら、ここのところ毎日のように、うちに出入りしているわよ』

少し前、春寧を訪ねてきた弥須乃が教えてくれた。

『友達』になって以降、弥須乃は数日に一度、麴町の屋敷《やしき》にやってくる。父親の香山伯爵に交友関係を制限されており、春寧は自由に顔を合わせることができる数少ない存在らしい。

その弥須乃の話によれば、景臣はここ最近、香山家に足繁《あししげ》く通っているとのこと。主《あるじ》である伯爵は快く受け入れているようだが、娘の弥須乃は何のための訪問か分からないという。

さらに……。

『景臣さんがうちに来ると、どこから話を聞きつけたのか、十文字家の薔子さんも必ず顔を見せるの。二人で話し込んでいることもあるわよ』

弥須乃は薔子が苦手なので、会話に加わることはないそうだ。

――景臣さんと薔子さん、何を話しているのかしら。

病院をあとにして麹町の家に戻った春寧は、桜吹雪の舞う外の景色を眺めながら溜息《ためいき》を吐《つ》いた。

十文字家で薔子が披露したカーテシーは、優雅で美しかった。景臣と二人並んでいる姿は、よくできた西洋の絵画そのものだ。

『景臣さんの妻になるのは、このわたくしだったの』

薔子ははっきりとそう言った。

完璧な絵画に描き込まれるのは、誰よりも美しく聡明《そうめい》な薔子であるべきだ。没落しかかっていた家の無能な娘は、所詮、偽者の許嫁でしかない……。

春寧はそこで胸が苦しくなり、俯《うつむ》いた。

景臣が香山伯爵の家に行っていると知ってから、一度「私もつれていってくれませんか」と頼んだことがある。

だが、「来なくていい」とにべもなく断られた。

きっと、春寧をつれて歩くのが嫌なのだ。考えれば考えるほど、胸の奥が痛くなる。

「……景臣さん」

そっと名前を呼んでから、春寧はふと横に視線を移した。

今いるのは、玄関ホールのすぐ脇の小部屋だった。ちょっとした書き物ができるように机と椅子が置いてあり、たまに景臣がここで仕事をしている。

今朝も出かける前に何かしていたようだ。机の上には、小さな紙片……新聞の切り抜きが数枚散らばっている。

『消防組活躍す』

『勇敢なる火消し延焼を防ぐ』

『火事場の英雄に喝采』

いずれも、消防組を褒めたたえる内容だった。

そのうち一つの記事には、佐島虎雄《さしまとらお》という若手の纏《まとい》持ちが火事の現場に真っ先に駆けつけ、めざましい活躍をした褒美として金一封を得たと書いてある。

香山邸の火事についても記載があった。

華族が関わる事件は民衆の目を引きやすいらしく、大活躍を見せた纏持ちの名前と並んで報じられている。

──もしかして、弥須乃さんが仰《おっしゃ》っていた纏持ちというのは、この虎雄さんという方かしら。

春寧がそう思い至ったとき、扉の外……玄関ホールで物音がした。出かけていた景臣が帰宅したようだ。

「お帰りなさいませ」

春寧は小部屋を飛び出して、景臣を出迎える。

その顔を見て、はっとした。ひどく青白く、目の下にはどす黒い隈《くま》が刻まれ、疲れの色がくっきりと浮かんでいる。

「景臣さん。相当お疲れのように見えます。今日も、香山さまのお屋敷に行かれていたのですか？」

「……そうだ」

景臣はそれだけ言って、どこかへ歩き出そうとした。しかし足元がふらついており、春寧は慌てて駆け寄る。

「いけません。少し休んだ方が……」

「その必要はない。これから、蔵で曰く付きの品の整理をする……っ」

黒ずくめの長身が、またよろめく。

春寧は広い背中に手を添えて、景臣を見上げた。

「やはり、景臣さんはとても疲れていらっしゃいます。このままでは倒れてしまいます。蔵のことは、使用人さんにお任せした方がいいのではないですか」

「いや。こんな目をした俺にできるのは、曰く付きの品を見定めることと、その管理だけだ。それすらできなくなったら――生きている意味などないだろう」

「そんなことは……」

息を呑《の》みながら首を横に振った春寧を、景臣は厳しい眼差《まなざ》しで制した。

「何より、蔵に収められている品は邪気を放っている。使用人に触れさせるわけにはいかない」

「なら――私がやります！」

すかさず、春寧はそう口にした。

何か言われる前に、顔つきをぐっと引き締める。

「私は、邪気の影響を受けません。曰く付きの品に触れても大丈夫です。それに、掃除や整理整頓なら得意です！　蒲郡家にいたとき、毎日しておりましたから」

置いてあるものを整理して、埃《ほこり》を丹念に取って、床や棚を雑巾でごしごし磨く……春寧でも、このくらいのことならできる。

もちろん、掃除程度で日頃の恩返しになるとは思わないが、疲れている景臣をこれ以上働かせたくなかった。

しかし、そんな春寧の思いとは裏腹に、景臣はきっぱりと首を横に振る。

「必要ない。俺がやる」

「でも……」

「──春寧は何もしなくていい！」

鋭い声が、玄関ホールに響き渡った。

春寧は思わず身を竦《すく》めた。同時に、悲しみが込み上げてくる。今のは拒絶だ。景臣は、春寧のことを全く必要としていない……。

──私が、無能だから。

もしここに立っているのが薔子だったら、景臣は仕事を任せたかもしれない。一人で出かけたりせず、美しい自慢の許嫁をどこにでもつれていくだろう。

『伯爵家の娘であるわたくしの方が、景臣さんに相応《ふさわ》しいわ』

薔子の言葉は当たっている。何もできない春寧は、景臣にとって、ただのお荷物だ。

だが……。

「景臣さん。私にやらせてください」

やつれている景臣を、どうしても放っておけなかった。たとえ、拒絶されても。

先日、春寧が邪気について尋ねたとき、『影響は皆無ではない』と景臣は言っていた。裏を返せば、少しは影響があるということだ。ただでさえ疲れている景臣が、邪気を跳ね返すのに力を使ったら……。

「ご迷惑かもしれませんが、私、景臣さんのことがとても心配なんです」

掛け値のない本心とともに、ほろりと涙が零れる。

「春寧」

景臣は春寧の頰にそっと手を伸ばした。涙を拭う指先の動きは少しぎこちなく、そしてとても優しい。

「景臣さん、お願いいたします。私にもお手伝いをさせてください」

顔を見上げて、改めて頼んだ。

しばしの間を置き、一度咳払《せきばら》いをしてから、景臣はおもむろに口を開く。

「――だったら、書庫の方の整理を頼む」

「えっ！」

「蔵の管理は、祖父から引き継いだ大事な仕事だ。だから、俺がやる。春寧には、書庫を担当してもらいたい。……頼んでもいいだろうか」

春寧は大きく息を吸い込んだあと、力いっぱい頷《うなず》いた。

「はい！」

嬉《うれ》しかった。

景臣に何かを頼まれたことが……必要とされていることが、大きな喜びとなって身体中を駆け巡る。

「さっそく、書庫に行きますね」

駆け出そうとした春寧を、景臣が引き留めた。

「書庫は今、鍵が締まっている。俺も一緒に行って、解錠しよう」

「分かりました」

二人並んで、ゆっくりと廊下を歩き出す。

書庫は一階の北にあった。春寧が初めて足を踏み入れる場所だ。景臣の手で鍵が開けられると、三十帖《じょう》ほどの空間には書棚がずらりと並んでいる。

「たくさん本がありますね」

春寧は書庫の中ほどで、きょろきょろとあたりを見回した。

景臣も隣に並ぶ。

「主に祖父が集めたものだ。図鑑や、画集が多い」

書棚の他に、簡素な机と椅子があった。その机の上に、何枚かの紙がばさりと置かれている。

「これは、錦絵ですか」

いずれも、綺麗《きれい》に刷り上げられた錦絵だった。そのうちの一枚を春寧が手に取ると、景臣がふっと表情を和らげる。

「祖父は、錦絵が好きだった。昔はよく、二人で眺めた。俺は今も時々、取り出して見ている」

「そうでしたか」

これらの錦絵は、景臣と祖父の思い出の品らしい。何だか温かい気持ちになり、春寧は改めて、持っていた一枚を見つめる。

描かれているのは、竹製の梯子《はしご》を上っている娘の絵だった。浅葱《あさぎ》麻の葉の振袖から鮮やかな緋《ひ》鹿《が》の子《こ》の襦袢《じゅばん》が覗《のぞ》いており、周りには何やら文字が綴《つづ》られている。

春寧も昔どこかで見かけたことのある、有名なものだ。

この絵は確か……。

「三代目豊国《とよくに》作、古今名婦傳《めいふでん》──八百屋《やおや》お七《しち》」

錦絵の題を口にしたのは景臣だった。黒い左目と紫色の右目が、両方とも大きく見開かれている。

「景臣さん……？」

異様な雰囲気がじわじわと伝わってきて、春寧はおそるおそる名前を呼んだ。

「――そうか、そういうことか。なぜ俺は、この可能性に気が付かなかった」

景臣は一人でぶつぶつ呟《つぶや》くと、突然くるりと踵《きびす》を返した。

「あっ、景臣さん。どこへ行かれるのですか。お疲れなのに……」

声をかけた春寧に、険しい顔が向けられる。

「俺のことはいい。それより――香山邸が危ない！」

鋭い口調で言うと、景臣は慌ただしく書庫を出ていった。

張り詰めた空気がその場に漂い、春寧はごくりと喉を鳴らした。

第五章　焰の中で

景臣《かげおみ》はお抱えの車夫に俥《くるま》を引かせて麴町《こうじまち》の屋敷《やしき》を出た。

春寧《はるね》も、別の俥であとを追いかけることにした。香山《かやま》邸が危ない——景臣が発したその言葉がどうしても胸に引っかかる。

そこには大事な友達……弥須乃《やすの》が住んでいるのだ。心配で心配で、いてもたってもいられない。

じきに日が沈む。帝都はアーク灯の光で照らされていた。

ご一新のあと夜は明るくなったが、路地裏や柱の陰はまだまだ暗い。前後に並んだ俥は、光と闇を内包した帝都の道をひた走る。

「弥須乃さん、どうかご無事で」

春寧は座席で揺れに耐えながら必死に祈っていた。これから、一体何が起こるというのだろう……。

ほどなくして本郷《ほんごう》……香山伯爵の屋敷がある一帯に差し掛かった。車輪が地面を擦る音とともに、前を行く俥が停まる。

景臣はそこからひょいと飛び降りて、訪《おとな》いすら入れずに、伯爵家の大きな門を潜《くぐ》り抜《ぬ》けた。

春寧ももちろんあとに続いた。黒ずくめの背中を追って母屋をぐるりと回り、辿《たど》り着いたのは離れだ。

木造の質素な建物は、夕日を受けて赤く染まっていた。景臣は躊躇《ためら》いもなく扉に手をかけ、一気に開く。

やっと追いついた春寧は、広い背中越しに内部を覗き込んで絶句した。

ほぼ何もないがらんとした部屋の真ん中で——炎がめらめらと揺らめいている。

傍らに、緋色《ひいろ》のドレスを纏《まと》った弥須乃が跪《ひざまず》いていた。背後の壁には、あのおどろおどろしい火事の絵がかけられている。

「弥須乃さん！」

春寧は叫び、急いで中に駆け込もうとした。

「危ない。お前は下がっていろ」

景臣が片方の腕を出して春寧を制し、羽織っていた上着をひらりと脱ぐ。

そのまま、弥須乃のもとへ走り寄っていった。背広を炎に被《かぶ》せて、消火を試みるつもりなのだ。

「駄目……火を消したら駄目！」

だが、弥須乃が景臣にしがみついて頭《かぶり》を振った。何度も振り切られそうになりながら、必死な顔つきで声を張り上げる。

「火を消さないで。お願い。あの人が来るまで待って！」

「あの人――まさかそれは……」

景臣が顔を顰《しか》めたとき、炎に炙《あぶ》られて焦げた木片が、天井からばりばりと音を立てて落ちてきた。

「お二人とも、逃げてください！」

戸口に立っていた春寧は絶叫した。

景臣はすぐさま弥須乃を抱きかかえ、外に飛び出す。

「よく燃えているわ。とても――綺麗」

開け放たれた扉から見える炎は、次第に大きくなっていった。景臣から離れた弥須乃は、恍惚《こうこつ》の表情を浮かべて目を細めている。

燃える建物と、緋色の服を纏っている女性……まさに、あの絵と同じ光景がそこにあった。しばらく同じ姿勢を取り続けた洋装の令嬢は、やがてゆるゆると座り込む。

その拍子に、何か四角い物体が地面に転がり落ちた。春寧はそれを拾い上げ、思わず目を瞠《みは》る。

四角いものの正体は、小箱に入った燐寸《マッチ》だ。おそらく、弥須乃が今まで握っていたのだろう。側薬には、すでに何度か擦った跡がある。

炎と、火を付ける道具——大事な友達が先ほどまで何をしていたか、聞かなくても手に取るように分かった。

景臣は、座り込んだままの弥須乃に鋭い目を向ける。

「伯爵令嬢、香山弥須乃。火を付けたのはあなたですね。しかも、これが初めてではない」

春寧は拾った燐寸を懐にしまい、呆《ほう》けた様子の弥須乃に縋《すが》り付いた。

「弥須乃さん、弥須乃さん！　しっかりなさってください。今までに何度もお屋敷に火を放ったのですか？　一体、どうして……」

答えは返ってこなかった。

弥須乃の目は、真っ赤な炎だけを映している。

「ああ、火が！　これは、どうしたことか！」

緋色のドレスを纏った細い身体《からだ》を春寧が何度か揺さぶっていると、香山伯爵が素っ頓狂な声を上げて走ってきた。

使用人や女中たちも一緒だった。みな一様に驚いた顔で、火の手の上がる離れの前に集合する。

「おい、お前たち、早く火を消せ。それから、消防組を呼べ！」

香山伯爵は狼狽《うろた》えながらも指示した。使用人たちは「水だ！」と叫んで、方々へ散っていく。

「――あら、お父さま。消防組の方を、わざわざ呼ぶ必要はないわよ」

座り込んでいた弥須乃が、すっくと立ち上がった。

その目はぎらぎらと輝いていた。頬が上気しているのは、おそらく火が熱いせいだけではないだろう。

「呼んだりしなくても、消防組の方はすぐここにいらっしゃるわ。――だって、私の英雄だもの！」

弥須乃は胸の前で手を組み、再び炎に見入ってしまった。

「……弥須乃」

明らかにおかしなふるまいをする娘を見て、香山伯爵は愕然《がくぜん》と肩を落とした。

景臣が、そんな二人の間にすっと割って入る。

「今回の件を含めて、何度も続いた火事は、曰《いわ》く付きの絵が引き起こしたものではない。原因は――香山家の令嬢による放火です」

「なんだと……！」

香山伯爵はその場で身を仰《の》け反《ぞ》らせた。

しかしすぐ我に返り、景臣に食って掛かる。

「弥須乃が付け火をしたというのか⁈　意味がさっぱり分からん。そもそも、なぜ君が今、我が家にいるのだ」

「俺は、あなたの娘がまた屋敷に火を付けるのではないかと思い、止めに来たんです。……一足、遅かったが」

こうしている間にも火の勢いはどんどん強くなり、木造の離れを焦がしていく。

弥須乃はその様をうっとりと眺めていた。何やらぶつぶつと呟いていて、景臣の話など全く耳に入っていないようである。

香山伯爵は、娘を見て溜息《ためいき》を吐《つ》いたあと、再び景臣に向き直った。

「どうやら、娘が火を付けたのは事実のようだな。だが、弥須乃はなぜそんなことをしたのだ」

「それは――消防組を呼ぶためです」

景臣の答えを聞いて、香山伯爵はぽかんと口を開けた。

「は？　消防組だと？」

「そうです。話は単純だ。火事が起これば消防組が現場に駆けつける。あなたの娘は、自分の屋敷に火を付けることで、堂々と呼び出したんだ。——惚《ほ》れた男を」

「…………」

香山伯爵はとうとう黙りこくってしまった。

景臣はそれを気にも留めず、先を続ける。

「一連の出火は、曰く付きの絵とは無関係です。そもそもあの火事の絵は、呪いがかかっているわけでもなければ、物《もの》の怪《け》が憑《つ》いているわけでもない、ただの美術品だ。なのに立て続けに火事が起きた。俺は、誰かが故意に火を付けた可能性を考えました。——一方で、先日我が家を訪れた香山家の令嬢が、火事を全く恐れていないのが気になった。消防組について、やけに熱く語っていたことも」

話を聞いているうちに、春寧も思い出した。

『あっという間に消防組の人が駆けつけて、私を炎の中から助け出してくれたわ』

弥須乃はあのとき、蕩《とろ》けそうな顔をしていた。まるで、恋い焦がれている相手と対峙《たいじ》しているみたいに。

「俺は今日になってようやく、香山家の令嬢が『放火をするほどの理由』を持ち合わせているということに気が付きました。消防組の中に、惚れた男がいた。その者と会いたいから火を放った――つまり、八百屋お七だ」

景臣の口から出たのは、先ほど二人で眺めた錦絵に描かれていた人物の名だった。

八百屋お七は、江戸時代に放火の罪で火炙《ひあぶ》りになったと言われている娘である。一度大火事で焼け出され、避難先である寺に滞在していたお七は、そこで小姓と恋仲になった。

しかし自分の家に戻ることになり、愛する小姓とは引き離されてしまう。

惚れ込んだ相手への気持ちは日に日に強くなり、お七は胸が苦しくなった。もう一度火事が起これば小姓と会える……そう考え、とうとう自分の家に火を放ったのだ。

幸いなことに燃え広がることはなかったが、放火は大罪。お七は自ら罪を認め、刑に処された。

思い焦がれた相手と会いたいがために火事を起こす――まさに今の弥須乃そのものだ。

あの錦絵には、自ら火を放ったあと、周りに危険を知らせるため、梯子《はしご》を上って半鐘を鳴らそうとしているお七の姿が描かれていた。

景臣はそれを見て、弥須乃の動機に気が付いたのだろう。

「懸想している男を呼ぶために放火しただと？　そんな莫迦《ばか》な話があるか。弥須乃。今の話は本当なのか?!」

香山伯爵は頭をばりばりと掻《か》きむしった。

炎を見たままぼんやりとしていた弥須乃は、父親の方をゆっくりと振り向く。

「――ええ、本当よ、お父さま」

その顔には、ぞっとするような笑みが浮かんでいた。

息を呑《の》む一同の前で、緋色のドレスを纏った令嬢は、まるで恋物語でも読み上げるように話し始める。

「石崎《いしざき》さんから買った絵を我が家に飾ってすぐ、一度目の火事が起こったの。火の不始末が原因でしょうけど、私は運命だと思ったわ。だって、誰よりも素敵な方と出会うことができたんだもの！　あの火事のとき、一人の火消しさんに助けていただいたの。その方はご自分の危険も顧みず炎の中に飛び込んできて、座り込んでいた私を抱き上げてくださったのよ。彼に、もう一度会いたかった。また火事が起これば、駆けつけてくださると思って……だから私は、火を放ったの」

香山邸の最初の火事は、故意ではなく偶然起こったものだった。

弥須乃はそのとき自分を助けてくれた火消しともう一度会うため、立て続けに放火したのだ。

「巫山戯《ふざけ》たことを言うな。どんな理由があるにせよ、付け火をするなど、言語道断。とうてい許されることではないぞ！」

香山伯爵が、どんと地面に足を踏み下ろして怒鳴った。

しかし弥須乃は、一歩も引かない。

「そうするしかなかったのよ。だって、お父さまは四六時中私を監視なさっていて、未婚の殿方とはお話もさせてくださらないもの。私から会いに行けない以上、相手の方に来てもらうしかないでしょう」

「親が娘のふるまいに気を配るのは当たり前だ。婚礼を控えた身で許嫁《いいなずけ》以外の男に会いに行くなど、とんでもない。それに、付け火などしたせいで、花嫁衣装まで燃えてしまった……。こうなればもう破談だ。どうしてくれる。弥須乃の相手は堂上家。儂《わし》らのような勲功華族とは比べ物にならないほどの名家だったのだぞ」

堂上家とは、華族の中でも公家《くげ》に連なる者たちを指す。古くは帝《みかど》のいる清涼殿に上がることを許されていた高貴な存在だ。

一方、ご一新後に業績を認められて爵位を得たのが、相馬《そうま》家や香山家のような勲功華族。同じ華族ではあるが、堂上家の方が由緒正しい身分といえる。

香山伯爵は、やつれた面持ちで言った。

「家柄も内証《ないしょう》も、文句のつけどころのない相手を選んだつもりだ。あの家に嫁げば、弥須乃の安泰は約束されていた。儂はお前のためを思って縁談を調えたのだ。それを、こんな形で踏みにじるとは……」

「私のため？　いいえ、お父さま。それはただの押し付けですわ。家柄なんて、そんなもの、どうだっていい！」

弥須乃は、顔を歪《ゆが》めて絶叫した。

緋色《ひいろ》のドレスを纏《まと》った身体は小刻みに震えていて、燃え盛るような怒りと、同じくらいの悲しみが伝わってくる。

「いくら身分が高くても、よく知りもしない相手と添うなんて嫌！　それは、私にとって幸せなことではないわ。婚礼の衣装を燃やしたのは、わざとよ」

「わざと？　お前は何ということを――」

「お聞きになって、お父さま！」

弥須乃は、顔を引きつらせた香山伯爵を手ぶりで制した。

「華族の身分というものは、そんなに大事なのかしら。自分を曲げてまで爵位にしがみつくのは滑稽だわ。そんなことをするくらいなら、私は華族であることを放棄したって構わない！」

「──弥須乃、いい加減にしろ！」

香山伯爵がとうとう娘の頬を打った。

あたりは一瞬、静まり返った。

だがすぐに、めきめきという不吉な音が響き渡る。

炎の勢いが増し、離れが半壊していた。まだなんとか建物の形を保っているが、じきに崩れてしまいそうだ。

「ああ、いけないわ！　消防組の方々がすぐ来てくださると思ったのに。このままでは、駄目……！」

何を思ったのか、そう言うなり弥須乃は駆け出した。燃え盛る建物の中へ躊躇《ためら》いもなく飛び込んでいく。

「弥須乃さん、お戻りください！」

春寧もすぐにあとを追おうとしたが、景臣に腕を掴《つか》まれて止められた。

「危ないぞ、春寧。これ以上火に近づくな」

「景臣さん、止めないでください。弥須乃さんをつれ戻さないと……」

「駄目だ。もう火の手が回っている。消防組の到着を待つしかない」

景臣は険しい顔で、春寧の腕をさらに強く摑んだ。

だが、春寧は諦めたくなかった。このままでは、初めてできた大事な友達が、どうなるか分からない……。

「申し訳ありません、行かせてください！」

渾身《こんしん》の力で景臣を振り切り、そのまま走り出す。

「──春寧、戻れ！」

背中で制止の声を受け止め、焦げた瓦礫《がれき》を飛び越えて、離れに踏み込んだ。

「弥須乃さん！」

床のあたりから立ち上っていた炎は、すでに壁の一部にまで回っていた。春寧は着物の袂《たもと》で口を押さえ、弥須乃に駆け寄る。

「嫌、春寧さん、放して。この絵を……大事なものを、外に運ばないと！」

弥須乃は、壁にかけられていたあの絵を外そうとしていた。額縁に収められていない剝《む》き出しの画布《カンバス》に、炎が迫る。

「春寧！」

ふいに、名前を呼ばれた。

声のした方に顔を向けると、そこには全身から水を滴らせた景臣の姿がある。

「春寧、来い！」

景臣は春寧に手を差し伸べていた。初めて会ったときと、同じように。

――ああ、あの手を掴めば、大丈夫。心配なことなんて何もない……。

燃え盛る焔《ほのお》の中で、なぜか安心感が込み上げる。

「景臣さん！」

春寧は弥須乃の肩を抱き、景臣の方へ駆け出そうとした。

だが、火に巻かれた木片が、頭上からばらばらと振ってくる。

「春寧――！」

景臣の絶叫が響き渡った。

「……っ、弥須乃さん、大丈夫ですか」

春寧は煙にむせながら、なんとか立ち上がった。

弥須乃の身体《からだ》を抱いて、咄嗟《とっさ》に横に転んでいたのだ。そうしていなかったら、今ごろ炎の直撃に遭っていただろう。

実際、木片の一つが春寧の手の甲を掠《かす》めた。火傷《やけど》した箇所が、僅かに痛む。

「春寧……無事か」

景臣がすぐさま駆け寄ってきた。

火を避《よ》けるため、水を浴びたのだろう。長い前髪がぐっしょり濡《ぬ》れて横に流れ、いつもは隠している紫の右目が露《あらわ》になっている。

「ああ……絵が。私の大事な絵が、燃えてしまう！」

天井の一部が落ちたことで、春寧たちと絵の間には炎の壁ができてしまった。弥須乃はそれをかいくぐろうとして、懸命に手を伸ばしている。

「いけません、弥須乃さん。外に出ましょう！」

春寧は弥須乃に縋《すが》り付いた。

「春寧さん、お願い、放して！　あの絵は私の宝物なの。あれを見ていると、愛する方の傍《そば》にいるような気がするのよ。どうしても、失いたくない」

弥須乃は涙を流しながら身を捩《よじ》る。

宝物を失いたくないという気持ちは、春寧にもよく分かった。紫水晶の簪《かんざし》を失ったとき、心が痛くなったのだ。

だが何よりも大事なのは、友達の命。ここは心を鬼にして、弥須乃の身体を押さえ続けるしかない。

「退避するぞ」

「嫌っ、嫌よ。放して！」

景臣は泣き叫ぶ弥須乃を引きずって、瓦礫を押しのける。春寧ももちろん加勢した。

どうにか三人で外に出ると、そこには大勢の者が集まっていた。

青ざめた顔の香山伯爵や、水を張った桶《おけ》を手にした使用人たち――輪の中心に、見知らぬ青年がいる。

消防服に身を包んだその人物の頰には、縦に走る大きな傷があった。持っているのは、長い房飾りがついた纏《まとい》だ。

「虎雄《とらお》さん、来てくださったのね!」

春寧と景臣の横にいた弥須乃が、ぱっと顔を輝かせて飛び出す。

纏持ちは、緋色のドレスに包まれた身体をいったん受け止めたが、すぐに突き放した。

「悪いが、構っている暇はない。俺は火を消しに来たんだ」

炎と夕焼けの色が入りまじった空の下、房飾りのついた纏が軽やかに躍り始める。

他の消防組の者たちも次々に駆けつけてきて、香山家の使用人とともに消火活動に取りかかった。

「虎雄さん、虎雄さん……」

弥須乃はその場にへたり込んでいた。

虎雄というのは、纏持ちの名前。誰よりも愛する相手だ。その虎雄は、弥須乃に目もくれず炎の中を動き回っている。

「虎雄さん、行かないで。私はただ、幸せになりたかっただけなの……」

弥須乃は顔を覆って泣き出した。

青ざめていた香山伯爵が、娘を支えて母屋の中へ入っていく。

だんだん火の勢いが弱くなってきた。これ以上延焼することはなさそうだ。それに、たいした怪我人《けがにん》も出ていない。

春寧が幾分ほっとしていると、景臣がつかつかと歩み寄ってきて、ものすごい勢いで手を摑んだ。

「春寧。なぜここまでついてきた。なぜ俺を振り切って炎の中に飛び込んだ。……俺は、そんなことを頼んでいない」

「申し訳ありません。弥須乃さんが心配で……」

春寧は肩を竦《すく》めて詫《わ》びた。

長い指が、先ほどついた火傷の痕《あと》をそっとなぞる。

「無茶なことを……せっかく、少しよくなって……」

景臣は顔を顰《しか》めると、春寧の手をぱっと離した。

「今後は、俺の仕事を手伝わなくていい」

「え……」

「二度とついてくるな」

投げかけられたのは、ひどく冷たい一言。

春寧が立ち尽くしていると、遠くで消防組たちの声が上がった。

「おい、建物が崩れるぞー」

「あと一息で火が消えそうだ！　頑張れ！」

まだ、僅かに炎が残っている。景臣はそれを背に、ゆっくりと去っていった。

春寧をその場に残したままで……。


香山伯爵邸の離れで起こった火事は帝都を少しだけ騒がせたが、数日も経《た》つと平穏が戻った。……表向きには。

八百屋お七のころから変わらず、放火は重罪である。六度目の出火で、とうとう弥須乃の行いが宮内省に伝わってしまった。

常に気品あるふるまいを求められる華族が、罪を犯すなど許されない。結果として、香山伯爵家は帝都の外へ出ることを余儀なくされた。

留学していた弥須乃の兄には、ただちに帰国命令が下っている。父と息子は今後、揃《そろ》って要職とは縁のない道を歩くことになるはずだ。

だが、もし火が燃え広がって周りの家屋にまで被害が及んでいたら、爵位は剝奪されていただろう。そうならなかっただけましである。

消防組の活躍が、香山家をギリギリのところで守ったのだ。

屈強な火消したちの中で最も手柄を立てたのは、現場の離れに真っ先に駆けつけた虎雄だった。

新聞の報道によれば、勇敢な纏持ちには、褒賞休暇とともに金一封が贈られている。虎雄に栄誉が与えられたのは、これで四度目だ。

弥須乃は、彼に会うために火を放った。

だが当の虎雄本人は、「火事のときに助けただけで、華族の令嬢と私的な繫《つな》がりはない」と言っているらしい。

弥須乃が一方的に思いを募らせていただけなのだろうか。

詳しいことを聞く前に、彼女は臥《ふ》せってしまった。一家とともに帝都をすでに脱し、今は北の方で療養しているという。

――せっかく、お友達になったのに。

春寧の脳裡《のうり》に残っているのは、燃え盛る離れの前で必死に叫んでいた弥須乃の、悲痛な面持ちだ。

『それは、私にとって幸せなことではないわ』

弥須乃はきっぱりと断言した。

自分の幸せがどんなものか、彼女は知っていたのだ。

名家に嫁いで衣食住が贅《ぜい》で満たされることよりも、華族の体面が守られることよりも、幸せなこととは一体何だったのだろう。

弥須乃の言葉は、春寧の古い記憶を引き出した。

『何が一番幸せか、そのうちきっと——あなたにも分かるわ』

春寧が四つ身に袖を通したばかりのころ、母親がこう言っていた。あれから何年も過ぎ、着物の肩上げはとうに下ろしたが、まだ分からない。

——私の幸せとは、何かしら。

少なくとも、大事な友達を失ったのは不幸せなことだ。

弥須乃がいなくなり、春寧はひどく落胆していた。寂しさで埋め尽くされた心に、景臣のあの一言が突き刺さる。

『二度とついてくるな』

景臣は今日も、一人で出かけている。

春寧は自分の部屋で、ただぼんやりとしていた。書庫の整理を頼まれていたが、鍵がかかっていて入れない。弥須乃の件があって、手伝いの話がうやむやになってしまっているようだ。

煤《すす》だらけの納戸から出ても、春寧は一人だった。部屋が広い分、余計にそれが身に染みる。心にぽっかりと、穴が開いてしまった……。

自分がここにいるのは、間違いなのではないだろうか——最近は、そう思うようになった。

爵位を得たいだけなら、景臣は春寧を選ばなくてもよかった。他にもっと、相応《ふさわ》しい人物がいる。

例えば、薔薇《ばら》の似合う、可憐《かれん》な伯爵令嬢のような……。

「春寧さま。お客さまがお見えです。お通ししますか」

ノックの音と、女中の平坦《へいたん》な声が聞こえてきて、春寧の思考はそこで途切れた。はっと顔を上げて、すぐさま応じる。

「お客さまとは、どなたでしょう」

「蒲郡《がまごおり》男爵と、その奥さまでございます」

「え……」
思わぬ名前が出てきて、春寧は怯《ひる》んだ。
主《あるじ》である景臣は留守にしている。それを理由に断ってもいいが、相手は世話になってい
た蒲郡家の者だ。
「お通ししてください」
女中にそう告げて、自らも客間に向かう。
加恵《かえ》とは一度香山家のパーティーで顔を合わせているが、この麴町の家に来てから、蒲
郡男爵や妻のタカ子《こ》が接触を図ってきたことはなかった。元居候に、一体何の用があると
いうのだろう……。
一抹の不安を抱えたまま、春寧は蒲郡夫妻と対峙《たいじ》することになった。
「まぁ、春寧。素敵な着物だこと！」
顔を合わせるなり、タカ子がわざとらしいほど甲高い声を上げた。
春寧の今日のいでたちは、檜垣《ひがき》の地紋が入った薄紫の綸子《りんず》地に枝垂れ藤を染め抜いた着
物と、熨斗《のし》柄の刺繡《ししゅう》帯だ。
さらに、弥須乃を庇《かば》ったときについてしまった火傷《やけど》の痕《あと》を隠すため、白いレエスの手袋
をはめている。

タカ子はその手を恭しく握り、満面の笑みを浮かべた。

「すっかり見違えたわね、春寧。さぞかし、いい暮らしをしているんでしょうね」

春寧は何と言ったらいいのか分からなかった。蒲郡家にいたとき、タカ子にこんな優しい声で話しかけられたことはない。

「おい、春寧が困っているだろう。離れなさい」

タカ子の夫、蒲郡峯雄《みねお》男爵が助け舟を出してくれた。ひとまず手が解放されて、春寧はほっと息をつきながら夫妻の向かい側に腰を下ろす。

「しかし、ここは豪勢な屋敷《やしき》だな。私は欧州《ヨオロッパ》の視察に行ったことがあるが、そのとき見た城とそっくりだ。部屋数がありすぎて、迷いそうだな。ははは」

今度は蒲郡男爵が身を乗り出してきた。

目の前の来客は、二人とも笑みを絶やしていない。なのに、ひどく居心地が悪かった。耐えられなくなって、春寧は自ら切り出す。

「本日はお越しいただきありがとうございます。あの……私に何かご用でしょうか」

「あら、そんな他人行儀な言い方をしないでちょうだい。一時《いっとき》は一緒に暮らしていた、家族のようなものじゃないの。あたくしたちは、春寧があの鬼の美術商に辛《つら》く当たられていないか心配していたのよ。でも、そんなに綺麗《きれい》な着物を着せてもらっているし、杞憂《きゆう》だったようね。よかったわ」

タカ子が「ねぇ」と夫に視線を送ると、蒲郡男爵は頷《うなず》いた。

「そうだぞ。我々は春寧の様子を見にきたのだ。――ついでに、いい話を持ってきた」

声が一段低くなった。

愛想笑いはすっと引っ込み、眼光が鋭くなる。

「欧州のとある場所に、金剛石《ダイヤモンド》の鉱山がある。だが開発会社の資金が底をつき、採掘が頓挫しているのだ。……その鉱山に、出資しないか」

「出資、ですか」

意味は知っているが耳慣れない言葉が出てきて、春寧は顔を顰めた。蒲郡男爵は、お構いなしに一人で先を続ける。

「投資した金額は、倍――いや、五倍になって返ってくる。どうだ、いい話だろう、春寧。ぜひとも一口乗ってくれ」

「そういうことは、私の一存では決められません。景臣さんに聞かないと……」

やんわりと断ると、タカ子が口を挟んできた。

「だったら、あなたから婚約者に頼んでちょうだい。こんなに広いお屋敷に住んでいるんだもの。いくらでも融通できるでしょう？　駄目なら……あなたの持ち物を売ったらいいじゃないの」

「私の……？」

「そうよ。あなたの持ち物だったら好きに処分できるでしょう。その高そうな着物や帯を売ったらいいわ。貴金属はないの？　みんな手放しなさいよ」

「で、でも……私は出資など、考えていません」

春寧は必死に頭を振った。

その途端、タカ子は拳を握り締めていきり立つ。

「ああもう、春寧は相変わらず愚図ね。さっさとあたくしの言う通りになさい！　ここに来るまで、誰が面倒を見てやったと思っているのよ」

貼り付いていた仮面はすっかり剝がれていた。目の前にいるのは、春寧のよく知っているタカ子だ。

蒲郡男爵も険しい顔で言った。

「私は友人として、春寧の父親の入院費まで出していた。少しくらい考慮してくれてもいいだろう。それとも、恩を仇《あだ》で返すつもりか。君の父上は、娘に相当ひどい教育をしていたようだな」

「父のことを、悪く言わないでください！」

春寧は声を張り上げた。

それをタカ子が「まぁまぁ」と宥《なだ》め、ねっとりとした目つきで口角を上げる。

「ねぇ春寧。持ち物を売ってお金を回してちょうだい。着物なんて、また買ってもらえばいいじゃないの。あの、鬼の目をした商売人に」

「――春寧から離れろ」

ふいに飛んできた鋭い一喝で、タカ子はその場に凍り付いた。蒲郡男爵はぎょっと身を竦《すく》め、客間の出入り口を凝視する。

「真柴《ましば》景臣……」

景臣は黒い背広の裾を翻して客間に入ってきた。ソファに腰かけている蒲郡男爵とタカ子を、冷たい目で見下ろす。

「仮にも男爵家の者が集《たか》りか。卑しいにもほどがある」

夫妻は揃って眉を吊《つ》り上げた。蒲郡男爵の方が、一足先に反論する。

「なっ……我々は、集ってなどいない。いい投資話を持ってきてやったのだ」

「そうよ。あたくしたちは何年も春寧の面倒を見ていたんだもの。その分を受け取って出資に回しても、罰は当たらないでしょう」

タカ子も夫にすかさず同調した。

「面倒を見ていた……か。なるほど」

景臣はふっと溜息《ためいき》をつくと、背広の隠しから小さな帳面とペンを取り出し、一番上の紙にさらさらと何か書き付けた。

それを千切って、蒲郡男爵に手渡す。

「当座小切手だ。春寧の面倒とやらにかかった分を、これで支払う。額面を確認してくれ」

「こ、こんなに……！　受け取ってもいいのか」

蒲郡男爵は目を丸くした。

「構わん。持って帰れ」

「か、景臣さん、いけません。私のためにお金なんて」

蒲郡夫妻の向かい側に腰かけていた春寧は、立ち上がって景臣のもとへ駆け寄った。

しかし当の本人はちらりと視線を送ってきただけで、再び『招かれざる客人』に向き直り、残っていた当座小切手帳をまるごと床に放り投げる。

「よければ、これも持っていけ。金額を書き込めば使えるようになっている。必要なだけ換金して、出資でも何でも、自由に活用すればいい」

「ほ、本当か！」

蒲郡夫妻はたちまちソファから腰を上げ、床に這《は》いつくばるようにして落ちていた小切手帳に手を伸ばした。

「まぁ、助かるわ！」

だが二人の指が触れる寸前、景臣は低い声で言い放つ。

「——ただし、その小切手帳を受け取るなら、俺は蒲郡男爵の素行を、余すところなく宮内省に報告する」

「な、何だって⁈」

蒲郡男爵は慌てて手を引っ込め、隣にいたタカ子の身体《からだ》も押さえた。

「私の素行とは、一体何のことだ」

「俺に聞かずとも、自分が一番分かっているだろう、蒲郡男爵。一家揃《そろ》っての派手な遊興で、資産を食い潰しているらしいな。さらに、先物取引で大幅な損益を出した。娘の縁談がまとまりかけているのに、仕度のための資金にも事欠いている。——今の話に何か間違いがあると言うなら、訂正するが」

「な、なぜ貴様が、そんなことを知っている！」

明らかに焦った様子の蒲郡男爵に、景臣は落ち着き払って答えた。

「取引き相手になりそうな華族については、ある程度内証《ないしょう》を調べている。何せ俺は『鬼の目をした商売人』だからな」

自分の言葉を引用されたタカ子が、ぐっと息を呑《の》んだ。

蒲郡男爵も横で顔を引きつらせたが、すぐに余裕の笑みを浮かべる。

「そんなことを上に報告しても、別にたいしたことはないぞ。放蕩《ほうとう》華族など、他にいくらでもいるじゃないか」

「そうだな。だが――放蕩の上に詐欺まで働く輩《やから》は、かなり稀《まれ》だ」

「……！」

蒲郡男爵は真っ青になって絶句した。妻のタカ子はとうとう、その場で尻餅をつく。

景臣はそんな二人に容赦なく畳みかけた。

「蒲郡男爵は最近、方々に鉱山への出資話を持ちかけていると聞く。自分がいったん金を預かって開発者に渡すと言っているようだが、金剛石の採れる山というのは実在しているのか。俺が調べた限り、蒲郡家と繋《つな》がりのある欧州の鉱山など見当たらなかった。ありもしない話を並べて金を集めているとしたら、立派な詐欺だ」

客間はしんと静まり返った。

張り詰めた空気の中、景臣だけが冷静な顔で、床に這いつくばったままの蒲郡夫妻に一歩近づく。

「未《いま》だに出資者は一人もいないらしいな。おおかた、これ以上話を聞いてくれそうな知人がいなくなって、春寧を訪ねてきたんだろう」

「ううっ……」

蒲郡男爵はがくりと肩を落とした。その小さくすぼまった背中を見て、春寧は景臣の話が正しかったことを悟る。

タカ子はしくしくと泣き始めた。

「だってこのままじゃ、華族のパーティーに着ていく着物が買えないし、加恵の嫁入り道具も揃えられないわ」

考えてみれば、タカ子はあの紫水晶の簪《かんざし》を勝手に売り払った。蒲郡家の内証は、以前から傾いていたに違いない。

景臣は渋面を作り、溜息を吐《つ》いた。

「蒲郡家はいくらか土地を有しているはずだろう。葉山《はやま》には別荘があると聞いているが、それを売ればいい」

「莫迦《ばか》な、俺は華族だぞ。先祖代々引き継いできた土地を簡単に手放せるものか！」

蒲郡男爵は悔しそうな顔で床にどんと拳を振り下ろした。

「被害者が出ないうちに詐欺まがいのことから手を引いた方がいいと俺は思うが、華族の矜持《きょうじ》にしがみつきたいと言うなら勝手にしろ。その小切手帳を拾って宮内省に素行を報告されるか、諦めて財産をいくらか手放すか──どちらか好きな方を選べ」

景臣は床に落ちている小切手帳を指さした。

「くっ……！」

一声呻《うめ》いて、蒲郡男爵は立ち上がった。泣いている妻の肩を抱いて、一目散に客間から出ていく。

「──景臣さん、申し訳ありません」

春寧はすぐに深々と頭を下げた。

「なぜ、春寧が謝る」

景臣は落ちていた小切手帳を拾いつつ、不思議そうな顔をする。

「だって……私の世話にかかったお金を、景臣さんに出させてしまいました」

白紙の分は無事だったが、小切手を一枚持っていかれてしまった。そこにはおそらく、信じられないような金額が書き込まれていたはずだ。

「本当に申し訳ありません。あの、蒲郡家にお支払いいただいた分は、どうやってお返ししたら……」

「春寧は何を言っているんだ」

景臣は幾度も首を傾《かし》げ、小切手帳を隠しにしまった。

そのとき春寧は気が付いた。真っ黒な背広の胸に、可憐《かれん》な花が咲いている。

「景臣さん。そのお花……薔薇《ばら》は、どうされたのですか」

チーフを入れる場所に差し込まれていたのは、深紅の薔薇だった。景臣は「ああ」と自分の胸元に目をやる。

「今日訪れた屋敷《やしき》に十文字《じゅうもんじ》家の令嬢が来ていて、差し出された。商談相手と十文字伯爵が懇意にしていたらしい」

「蕭子《しょうこ》さんが……」

息を呑む春寧の傍《そば》で、景臣は薔薇の花をチーフ入れから引き抜き、硝子《ガラス》のテエブルの上に投げた。

蕭子が景臣の商談相手のところに現れたのは、たまたまだろうか。

……いや、きっと違う。

商談相手と、景臣と、蕭子。あまり自分からは話をしない景臣に代わって、場を盛り上げたのは蕭子かもしれない。

聡明《そうめい》で可憐な薔薇の令嬢の方が、春寧より何倍も景臣の助けになるはずだ……そう考えて気持ちが沈みかけたが、春寧はなんとか堪《こら》え、顔をぐっと上げる。

「景臣さん。頼まれていた書庫の整理をしたいと思います。鍵を開けてくださいますか」

景臣はぴくりと眉を動かすと、レエスの手袋がはまった春寧の手を取った。

「……書庫の整理は使用人にやらせる。春寧はしなくていい」

「どうしてですか。この間は、私に任せてくださったのに」

「気が変わった」

春寧の手を離すと、景臣は身を翻した。

「景臣さん、どちらへ行かれるのですか、あの、書庫の整理が必要ないのでしたら、他に何か……」

「何もしなくていい。言っただろう、ついてくるな。春寧は俺の仕事に、一切関わらなくていい」

いつも以上に突き放すような言い方だった。

だが春寧は引きたくなかった。景臣は春寧のために、蒲郡家に大金を渡したのだ。何も返さずに、のうのうと暮らすことなどできない。

それでは、景臣の隣にいる資格がない。

「お願いします。何かお手伝いさせてください」

春寧はありったけの思いを込めて頭を下げた。

「おい、顔を上げろ」

景臣は慌てた様子で春寧の身体を起こす。

「私は、少しでも景臣さんのお役に立ちたいのです。今はまだ他人ですが……夫と妻は二人で支え合って生きるものだと、父や母が言っていました」

「夫と妻……」

景臣はそう口にすると、押し黙った。

しばらくして、ゆっくりと首を横に振る。

「俺の妻になるからといって、何かする必要はない。これ以上言うなら……」

その先を、春寧は聞きたくなかった。

だが、残酷な一言は否応《いやおう》なく耳に入ってくる。

「――婚約を解消する」

背中に冷水を浴びせられたような衝撃だった。

一人で客間を出ていく景臣を見ながら、春寧は少しも動くことができなかった。

第六章　箱の中の恋文

春寧《はるね》は自室の椅子に腰かけ、小さなテエブル越しに窓の外を眺める。

四月の半ばになり、桜はすっかり散ってしまった。今日は空がどんよりと重く、いつ泣き出してもおかしくない。

まるで自分の心を表しているような気がして、溜息《ためいき》を吐く。

『――婚約を解消する』

とうとう、言われてしまった。

考えてみれば当たり前だ。無能な『煤《すす》かぶり』を傍に置いておくことに、何の意味がある。

華族の離婚は、よくあるとまでは言えないが、珍しい話でもなかった。実際に、弥須乃《やすの》の両親は別れている。

婚約が破棄されることだって然《しか》り。これ以上一緒にいる意味がないと思ったら、そこで切り捨てられるのは仕方のないこと……。

春寧には景臣《かげおみ》の隣にいる資格など、もともとなかったのだ。正式に婚約解消を切り出されたら、従わなければならない。

景臣は、春寧と離れて他の華族の娘を選ぶ権利がある——そんなことは、嫌というほど分かっていた。

だが、自覚するたびに足が竦《すく》み、じっとしていられないほど心が乱れてしまう。

婚約が解消されれば、春寧はもう、景臣と一緒にいることができない。

家が落ちぶれて、いろいろなものが一気に消え……何かを失うことには、もう慣れたと思っていた。

蒲郡《がまごおり》家にいたときは、どんな悲しみや辛《つら》さも自分の身体《からだ》を抱き締めて耐えていれば消すことができたのに、今はそうではない。

——どうして心が鎮まらないの？

景臣の姿を頭に思い浮かべると、息さえできなくなる。

テエブルに突っ伏す直前、部屋の扉が叩《たた》かれた。

「はい、どなたですか」

僅かに滲《にじ》んでいた涙を拭って、春寧は顔を上げる。

「春寧さま。午後のお茶をお持ちしました」

縞《しま》のお仕着せに身を包んだ若い女中が、静かに入ってきた。手にしている銀のお盆には、茶器や果物が載っている。

女中はてきぱきとお茶の用意をすると、一礼した。

「折を見て、片付けに参ります。他に何かご用はありますか、春寧さま」

「私のことは気にしないでください。片付けも、自分でやります。茶器を洗って、戻しておけばいいのですよね」

この家には使用人が少ない。ただでさえ忙しいのに、これ以上彼女たちのやることを増やしたくなかった。

しかし春寧の申し出を受けた若い女中は、「とんでもないことでございます」と首を横に振る。

「それでは私が叱られてしまいます。春寧さまには水仕事をさせるなと、旦那さまから固く申し付けられております」

「そう……ですか」

もはや、自分のことすらやらせてもらえない。やはり景臣は、春寧など必要としていないのだ。

軽く息を吐いて、女中を見つめた。

「では、何かあったら声をかけますね。あの、いつもありがとうございます。この家で一生懸命働いてくださって、私、とても嬉《うれ》しいです」

せめてこれくらいは……と考え、心を込めてお礼を言った。

傍に立っている若い女中は、使用人の中でも春寧と接する機会が多かった。景臣と離れることになったら、もう顔を合わせることはないかもしれない。

その前に、今までの感謝を伝えたい。

「まぁ、春寧さま自らお礼なんて、そんな……！」

女中は目を丸くして口を開け、頰を僅かに染めた。そのあと、意を決したような顔つきで尋ねてくる。

「春寧さま。何かお好きなお茶菓子はございますか」

「お菓子、ですか……。あの、この間、弥須乃さんがいらしたときに出していただいた、マドレエヌが……」

「では、明日《あす》はそれをお持ちしますね！」

何度も頭を下げて、女中は部屋を出ていく。

普段は抑揚のない声が、今日は何だか温かかった。淹《い》れてもらった紅茶は、相変わらずとても美味《おい》しい。

金彩が施されたカップを何度か上げ下げしているうちに、春寧はテエブルの片隅に置いてあった小さな箱の存在に気付いた。

「弥須乃さん……」

香山《かやま》家の離れで火の手が上がった日、弥須乃が落とした燐寸箱《マッチ》。ひとまず懐に入れておいたのを、うっかり持って帰ってきてしまった。

返そうにも、弥須乃はすでに帝都にいない。今はこの箱だけが、友達の残した唯一のものである。

『私はただ、幸せになりたかっただけなの……』

そう言って泣いていた洋装の令嬢を、思い出す。

弥須乃の幸せとは何だったのだろう。そして、自分の『それ』は……。

春寧はいまだに答えを見つけられていなかった。『幸せになってね』と言ってくれた母親は、この世を去っている。父親だって、二度と目を覚まさない。

もう誰にも、聞くことはできない……。

春寧は痛む胸を押さえながら、友達が残していったものをじっと見つめた。

手の上に載るほど小さな燐寸箱は、角が僅かにひしゃげている。弥須乃が強く握り締めていた証《あかし》である。

表面には、燐寸を作った会社の名前が記されていた。高級な海外製ではなく、手頃な国内産だ。

香山家の令嬢が安価な品を持っていたのは意外だった……春寧はそんなことを思いつつ、ゆっくりと中身を確かめる。

箱を開けてみたのは今日が初めてだった。燐寸はまだたくさん残っていた。そっと揺らすと、細い木の棒が触れ合ってかたかたと音を立てる。

「あら、文字が……」

数回揺らしているうちに、箱の底がちらりと見えた。何か字が書いてあるようだ。たくさん残っている燐寸を一度すべて外に出し、確認してみる。

『此《こ》れを弥須乃嬢に贈る――佐島虎雄《さしまとらお》』

『虎雄さん、貴方《あなた》を愛しています――弥須乃』

角ばった力強い文字と、柔らかく流麗な文字。

春寧は大きく息を呑《の》んだ。

この燐寸は、消防組の虎雄が弥須乃に贈ったものだったのだ。庶民でも気軽に買える品を令嬢が持っていたのは、そのせいだろう。

弥須乃は虎雄が書いた文字の横に、自分の正直な思いを添えていた。『貴方を愛しています』と。そして、二人の名前が並んだこの箱を握り締めて、火を放った。

角がひしゃげた燐寸箱から、弥須乃の切ない気持ちがひしひしと伝わってくる。

虎雄は『愛しています』の文字を見ただろうか。

……いや、おそらく知らないはずだ。弥須乃のことを尋ねられたとき、彼は『火事のときに助けただけ』と答えている。『愛しています』という言葉を受け取っていたのだとしたら、もっと別の言い方になったのではなかろうか。

箱の中に書かれていたのは、恋文だ。弥須乃から、虎雄への。それが、ここに残されている。

──弥須乃さんの思いを、伝えないと。

弥須乃は初めて友達になってくれた人。もう話すことはできないが、届かなかった恋文を渡すことくらいならできる。

春寧は出してあった燐寸をすべて戻すと、椅子から立ち上がった。

小さな恋文が、かたかたと音を立てた。

先ほどお茶を運んでくれた女中とともに、春寧は俥《くるま》に乗っていた。

恋文が秘められた燐寸箱を、自分で虎雄に渡したいと思った。出かける旨を使用人たちに告げたところ、あの若い女中——鈴子《すずこ》が同行を申し出てくれたのだ。

二十二歳の鈴子は、四年ほど前から真柴《ましば》家に勤めているという。背丈は春寧とほぼ同じ。目がぱっちりとしていて、明るく愛嬌《あいきょう》のある顔立ちをしている。

春寧たちはこうして外出することになったが、問題が一つあった。

香山家の火事で活躍を認められた虎雄は、現在褒賞休暇の真っ最中で、職場にはいない。使用人が消防組の本部に行って問い合わせてくれたが、虎雄には転居癖があり、今はどこに住んでいるか分からないとのこと。

燐寸箱を渡すにはまず、相手の居所を突き止める必要がある。

「少し長いお出かけになりそうですけど、大丈夫ですか、春寧さま」

揺れる俥の上で、隣に座る鈴子が春寧を心配そうに見つめてきた。

春寧は笑顔で「はい、平気です」と答える。

俥は麹町《こうじまち》を離れ、紀尾井坂《きおいざか》に差し掛かっていた。このあたりに、虎雄をよく知る人物がいるらしい。

蕎麦《そば》屋の亭主をしているというその人物は、数年前まで消防組で働いていた。使用人の一人がたまたま彼と知り合いで「おそらく虎雄の居場所を知っているはずだ」と話してくれた。

春寧たちは、その蕎麦屋の亭主のもとに向かっている。

「お着物、とてもよくお似合いですよ、春寧さま」

泣き出しそうだった空は、少し晴れてきた。俥に揺られながら、鈴子が微笑《ほほえ》む。

春寧は今、裾周りに牡丹《ぼたん》の柄が描き込まれ、さらに暈《ぼか》し染めが入った青藤色の着物を纏《まと》っていた。

半衿《えり》は薄い緑色の糸で麻の葉の刺繡《ししゅう》を施したもの。帯は菱《ひし》つなぎ模様の唐織《からおり》だ。

懐に燐寸箱をしっかりしまい、日が照ってきたためレエスの傘も携えてきた。火傷《やけど》の痕《あと》はもうほとんど消えていたが、一応手袋もしている。

春寧のいでたちをじっくり眺め、鈴子は「うん」と頷《うなず》いた。

「やはり、お似合いです。旦那さまが、呉服屋でさんざん頭を悩ませていた甲斐《かい》がありました」

「まぁ、景臣さんが？」

春寧は口元に手を当てた。

この着物は、まだ麴町の屋敷《やしき》に来たばかりのころ、景臣が突然持ってきた外出着や晴れ着の中の一枚である。

「春寧さまのお着物を選ぶとき、私もお供いたしました。旦那さまは雛型本や反物を十も二十も並べて、首を捻《ひね》っておいででした」

鈴子がくすくす笑いながら言う。

「それで、景臣さんは結局、どうなさったのですか」

「迷った挙句、全部お買い求めになりましたよ」

「まぁ……私の身体《からだ》は、一つしかないのに」

あの日、大量に持ち込まれた着物の背景が、うっすらと見えた。

少し後になってから、春寧は景臣と普段着を求めに行ったが、思い出してみればそのときも始終眉根を寄せていた。きっと、心の中で迷っていたのだろう。

「春寧さまがお屋敷においでになって、旦那さまは少し変わられたように思います」

くすくす笑っていたのを穏やかな微笑みに変え、鈴子は言った。「どのように変わったのですか」と春寧が尋ねると、両手で輪っかを作ってみせる。

「石部金吉《いしべきんきち》が、少しだけこのようになりました」

春寧は思わず噴き出した。

鈴子も輪っかを崩して笑い声を上げる。

「お屋敷の中も、ずいぶん変わりました。旦那さまは必要なものしか周りに置かない方で、少々殺風景だったのです。でも、今は撫子《なでしこ》の花がたくさんあって、私たち使用人も心が和みます。……あ、旦那さまを頭の固い人だと言ったこと、黙っていてくださいませ」

「分かりました。言いません」

「花といえば、春寧さま。もう少ししたら、ぜひお庭に出てみてください」

「庭？　何があるのかしら」

「ご覧になれば分かります」

鈴子は意味ありげに片目を閉じたあと、しみじみと息を吐いた。

「私は、旦那さまが春寧さまと婚約することになって、本当によかったと思っております」

春寧は僅かに肩を落とした。

「そうでしょうか。景臣さんは私のことを……嫌っているのではないかと思います」

婚約を解消する、と言い放つほどに。

「えぇっ、どうしてそう思われるのですか、春寧さま」

鈴子は「信じられない」といった様子で何度も瞬きをした。

「景臣さんは家のことを何もさせてくれません。書庫の整理やお掃除なら、私にもできるのに……。きっと、信用されていないのでしょう」

「そんなことないと思いますよ。そもそも、華族のお嬢さまが自らお掃除なんて、とんでもないことです。それに、旦那さまが春寧さまにお掃除や水仕事をさせたくないのは、信用していないのではなくて、きっと……」

鈴子の声はそこで途切れた。元火消しが営む蕎麦屋に、俥が到着したのだ。

春寧たちは車夫を待たせたまま、『生そば』と書かれた紺色の暖簾《のれん》を潜《くぐ》った。混雑する昼時を過ぎ、つかの間の休憩を取っていたお運びの店員が、二人を奥に案内する。

「虎雄なら、今は七つ蔵の傍《そば》に住んでるはずだぜ。ほら、銀行だの船会社だの、いくつも会社を持ってるお大尽が立てた、あのでかい倉庫の裏だ。俺は行ったことがねぇから、詳しい番地までは分からねぇがな」

蕎麦屋の亭主、長吉《ちょうきち》は、藍色の着物に前掛け姿で応じてくれた。歳《とし》は四十歳ほど。消防組で火消しを務めていただけあって、身体つきは逞《たくま》しい。

華族が庶民の店を訪れることなど今までになかったようで、しばらく落ち着かない様子だったが、鈴子を間に挟んで話をしているうちに緊張もほぐれたようだ。

長吉の言う七つ蔵とは、いくつもの商売で財をなした大富豪が、神田川《かんだがわ》の支流にかかる江戸橋《えど》の傍に建てた煉瓦《れんが》造りの倉庫である。

名前の通り、同じ形をした七つの棟が整然と聳《そび》えている様は錦絵にも描かれ、帝都の名所の一つになっている。

虎雄はその裏手にある長屋で、独り暮らしをしているらしい。

「えーと、七つ蔵の裏ですね。長吉さん、ありがとうございます」

鈴子がぺこりと頭を下げると、長吉はさっと表情を曇らせた。

「本当に、虎雄に会いに行くのかい」

「……何か、問題があるのですか」

鈴子の後ろにいた春寧が尋ねる。

「問題って言えるかどうか、俺には分からねぇです。ただ、最近の虎雄は妙にぎらぎらしてるもんで、気になっちまって……。俺と一緒に働いていたころは、一人でも多くの命を助けたいって躍起になってたんだがなぁ。今は『手柄を立てたい』って言いやがる」

「命を助けたいのと、手柄を立てたいのは、同じ意味じゃないんですか」

首を傾《かし》げた鈴子に、長吉はきっぱりと言った。

「――違うさ。全然な」

長吉のお陰で虎雄の住まいが分かった。春寧たちは何度も礼を言ってから、出汁《だし》の香りが漂う蕎麦屋をあとにする。

店の外で待たせていた俥に乗り、今度は帝都の東にある江戸橋を目指した。

神田川の支流は、先の時代から小舟が多く行き交っている。橋はご一新後にかけ替えられたものが多く、かつては木でできていた江戸橋も、今は石造りだ。

七つ蔵は、その江戸橋のすぐ脇にあった。春寧と鈴子は手前で俥を降り、あたりをきょろきょろと見回す。

「あちらの方に長屋がいくつかあるかもしれません。道が狭そうですし、舗装されているか分かりませんから、俥はここまでですね」

鈴子に言われて、春寧は頷いた。番地が分からないので、あとは足で探すしかない。

「では、車夫の方にはここでお待ちいただいて、歩きましょう」

「大丈夫ですか、春寧さま。華族の方が、お足元の悪い道を歩くなんて……」

「平気ですよ」

華族といっても、相馬《そうま》家はもともと裕福ではなかった。さらに、一度はそこからも落ちぶれた。

蒲郡家にいたときは、雪の中、素足に下駄《げた》で買い物に行ったこともある。少しくらい歩いたって問題ない。

懐に燐寸箱《マッチ》がちゃんと入っていることを確かめ、春寧は日傘を開いた。川から流れてくる湿った風が、下ろしている長い髪を後ろへ流す。

七つ蔵を始めとする煉瓦造りの建物の裏には、ご一新前の面影を残す長屋がまだちらほらあった。

江戸橋から続く大通りを一つ逸《そ》れただけで道が格段に狭くなったが、人がそこそこ行き交っている。

鈴子は通行人の一人を途中で呼び止め、虎雄の家を知らないかどうか尋ねた。二人が話し込んでいる間、春寧はふと、斜め前に目を向ける。

そこにいたのは、五、六歳の男の子が二人。よく似た十字絣《かすり》の着物を着ているので、兄弟かもしれない。

揃《そろ》って小さな駒下駄《こまげた》を履いた二人は、手を繋《つな》いで走り出そうとした。だが一人がその場で転んでしまい、声を上げて泣き始める。

──大変。

春寧は慌てて駆け寄った。差していた日傘を畳んで転んだ男の子の傍にしゃがみ、目の高さを合わせる。

怪我《けが》はないようだが、痛かったらしく、つぶらな瞳から涙が鉄砲水のように流れていた。残った一人は、ただ途方に暮れている。

「大丈夫？」

帯の間から刺繍が施された白い手帛《ハンカチ》を取り出し、春寧は泣いている男の子のつるりとした頬を拭った。それでようやく、涙が引っ込む。

「お姉ちゃん、ありがとう」

泣いていた子は、まだしゃくり上げながらもお礼を言ってくれた。もう一人もぺこっと頭を下げる。

「どういたしまして」

笑顔を向けると、二人はまた手を繋いで走り出した。

よかった……ほっと胸を撫《な》で下ろしながら、春寧は先ほどまで立っていた場所をゆっくりと振り返った。

そこには、誰もいなかった。

春寧が男の子たちと話している間に、鈴子と彼女が呼び止めた通行人はどこかへ行ってしまったようだ。

「鈴子さん」

春寧は名前を呼びながら周りを見回した。畳んだ日傘を腕にかけ、人をかき分けながら、鈴子を必死で捜す。

だが、若い女中の姿はどこにも見当たらない。

完全に、はぐれてしまった。春寧はこのあたりに土地勘がまるでなく、細い路地に入ってまで人捜しをするのは気が引ける。

こういうときは、闇雲に動き回らない方がよさそうだ——そう考えて、大通りに戻ることにした。

七つ蔵の手前で車夫を待たせてある。春寧がいないことに気付いたら、鈴子はきっとそこへ戻ってくるに違いない。

だが、大通りに足を踏み入れたところで、横合いからふいに声をかけられた。

「あら、春寧さんじゃないの。お久しぶりね」

春寧はびくっと身体を震わせた。

新月の夜空のような至極色の地に、大輪の薔薇《ばら》が染め抜かれた着物を優雅に着こなす令嬢——十文字《じゅうもんじ》薔子《しょうこ》が、真っ赤な唇の端を持ち上げて春寧を見ている。

すぐ横には、蒲郡家の加恵《かえ》がいた。纏《まと》っているのは檜皮《ひわだ》色の地味な着物だ。

二人は女中を引きつれており、俥と車夫も揃っていた。薔子は彼らに何かを言いつけたあと、加恵を従えて春寧のもとへゆっくり歩いてくる。

「こんなところでお目にかかるなんて奇遇ね。わたくしと加恵さんは、先ほどまでこの近くのお友達の家におりましたの。春寧さんは、お一人かしら」

聞かれたが、春寧は息が詰まって何も言えなかった。

薔子も加恵も笑っているように見えるのに、あたりには背筋が凍るほど剣呑《けんのん》な空気が漂っている。

「ねぇ春寧さん。せっかく会えたのだから、わたくしたちとお話をしましょうよ。ここは賑《にぎ》やかすぎるわ。もっと静かな場所がいいわね」

薔子が言いながら、春寧の右の手首を摑《つか》んできた。

「い、いえ、私は……急いでいるので」

春寧は振りほどこうとしたが、今度は左腕を加恵に摑まれる。

「つべこべ言わないで、こっちに来なさい、春寧」

二人の令嬢は、春寧を細い路地に引っ張り込もうとしていた。

彼女たちがつれていた使用人や車夫は、黙って突っ立っているだけだ。先ほど、何もするなと薔子に命じられたのだろう。

女学生同士の戯れだと思われているのか、道行く人々も、春寧たちのことを全く気に留めていない。

「やめ……」

声を上げようとしたが、加恵に口を塞がれた。

もがく春寧の目に、見知った姿が映り込む。

──鈴子さん！

大通りの反対側を、鈴子がものすごい勢いで走っていた。あたりを見回しながら、大声で何か言っている。

春寧のことを捜しているのだ。

──助けて。

春寧は鈴子に向かって必死に手を伸ばしながら、心の中で叫んだ。

だがそれは誰にも届くことなく、帝都の喧騒《けんそう》に呑《の》まれて消えていった。

第七章　黒幕

「あなたのせいで、蒲郡《がまごおり》家はとんでもないことになったわ。一体どうしてくれるのよ、春寧《はるね》！」

狭い袋小路《ふくろこうじ》に春寧を引き込むなり、加恵《かえ》はどんと肩を押してきた。春寧は為《な》す術《すべ》もなく地面に倒れ、腕にかけていたレエスの日傘が明後日《あさって》の方向へ飛んでいく。

「春寧が――あなたとあなたの許嫁《いいなずけ》が出資の話を断ったから、うちは別荘を二つも手放すことになったのよ。いい着物もみんな売ってしまって、しばらくは新しく買うのも控えろってお父さまが……。ひどいわ！　みんなみんな、あなたのせいよ！」

加恵は自分の地味な着物に目を落として、わっと泣き始めた。

薔子《しょうこ》がその肩に手を回し、軽くさする。

「まぁ、ひどいお話ね。おかわいそうに……。春寧さん。加恵さんに謝ったらいかがかしら。お詫《わ》びのしるしに、その日傘を差し上げたらいいと思うわ」

「薔子お姉さま、それはいい考えだわ！　あたし、レエスの日傘が欲しかったの」

泣いていたはずの加恵は嬉々《きき》として顔を上げ、放り出された日傘を手に取った。それを離れた場所に置いてから、倒れ込んだままの春寧を薔子と一緒に見下ろす。

「今日もいい着物を着ているわね。あたしへの当てつけなの？」

「ち、違います。これは、景臣《かげおみ》さんが選んでくれて……」

春寧は加恵に向かって首を横に振った。

「景臣さんに選んでいただいた……ですって？」

すると、薔子が思い切り顔を歪《ゆが》めた。尻餅をついていた春寧の胸倉を掴み、強引に立たせる。

「お黙りなさい！　いい気にならないでと、何度言ったら分かるの」

強く引っ張られたせいで、共衿《ともえり》の縫い目が破れてしまった。

懐に入れていた大事な燐寸箱が落ちそうになり、春寧は「やめてください」と声を上げて後ずさりする。

だが、ここは袋小路だ。数歩も行かぬうちに建物の壁にぶつかってしまった。

追い詰められた春寧を見て、加恵がにやりと笑う。

「あら、春寧ったら、素敵な手袋をしているじゃない。これもお詫びの品として受け取っておくわ」

「あっ……」

抵抗する間もなく、春寧の手が露《あらわ》になった。

白いレエスの手袋を地味な着物と帯の間にしまい込んだ加恵は、獲物を狙う獣のような目を向けてくる。

「せっかくの高級な着物も、びりびりに切り裂いたらただの襤褸《ぼろ》になるわよねぇ。……ああ、春寧って本当は、みすぼらしい煤《すす》かぶりさんじゃない。ちょうどいいわ。あたしが、昔の恰好《かっこう》を思い出させてあげる」

「あら、本来の姿に戻して差し上げようだなんて、加恵さんたらお優しいのね」

薔子が高らかに笑った。

その髪には、簪《かんざし》の代わりにひときわ大きな薔薇の花飾りが挿してある。薔子が動くたびにゆらりと揺れ、華やかさをこれでもかと引き出していた。

薔薇の令嬢は、ひとしきり笑ったあと、春寧をぎりっと見据える。

「春寧さん。あなたは所詮、『偽者の妻』にしかなれないわ。あなたみたいな無能な人、景臣さんと一緒にいる資格はないのよ」

偽者の妻……当たっている。

何も言い返せずに俯《うつむ》く春寧を、薔子はさらに睨《にら》む。

「わたくし、春寧さんにずっと言いたいことがあったの。あなたは以前わたくしに、景臣さんのことが好きかと尋ねたわね」

香山《かやま》家でパーティーが開かれた日のことだ。あのとき挿していた大事な簪は、今はもうない。

「春寧さんは、勘違いをなさっているわ。わたくし、景臣さんのことなんて、ちっとも好きじゃないの。わたくしがあの方に——あんな庶民に恋い焦がれているですって？　冗談を言わないでちょうだい」

「え。それなら、どうして……」

どうして、好きでもない景臣の妻になりたいのだろう。

春寧が面食らっていると、薔子は拳を固く握りしめ、苛立《いらだ》ったような口調で言った。

「いいこと？　わたくしは誰かを好きになるのではなく、好かれる側の人間なの。みんながわたくしを求めているのよ。景臣さんだって、きっとそうだわ。わたくしがあの方と結婚しようと思ったのは、愛しているからではなく、一緒に伯爵家を守《も》り立てていける相手だからよ」

瞼《まぶた》から零《こぼ》れ落ちそうなほど大きな薔子の瞳は、ぎらぎらと輝いている。可憐《かれん》な容貌とはかけ離れたどす黒い野心が、言葉の端々から滲《にじ》み出る。

「庶民だけれど、景臣さんには商才があるわ。特権階級の華族とは違う、したたかな逞《たくま》しさを持ち合わせていらっしゃる。そこに十文字《じゅうもんじ》家の箔《はく》が加われば、もう怖いものなどなくてよ！　景臣さんはわたくしにとって、一番『利用価値』のある方なの。あの方を伴侶にすれば、十文字家は……わたくしは、もっともっと高みを目指せるわ。――だから春寧さん。あなたが邪魔なの」

美しい顔は、般若《はんにゃ》と化していた。薔子から……いや、薔薇の着物を纏った般若から、剝《む》き出しの敵意がひしひしと伝わってくる。

「そうよ、春寧。あなた邪魔。目障りだわ」

加恵が摑みかかってきた。

春寧は懐に入っている燐寸《マッチ》箱を落とさないように身を捩《よじ》る。着物が強く引かれ、ぶちぶちと嫌な音が耳に届いた。縫い目が切れて、片方の袖が身頃から外れそうだ。

「あーら、せっかくの着物が台無しねぇ。そんなにみすぼらしい姿を晒《さら》したら、あの鬼の商人だって呆《あき》れるわよ。嫌われるに違いないわ。あたしが春寧を鬱陶しく思っていたようにね。そうならないうちに、自分から離れたら？」

加恵はふんと鼻を鳴らし、胸を大きく反らして嘲笑する。

般若と化した薔子は、恐ろしい顔をさらに歪めた。

「加恵さんの言う通りよ。春寧さん、婚約を解消なさい。景臣さんから身を引いて！」

「――嫌です！」

自然と、その言葉が口をついて出た。

春寧自身、思ってもみないほど声は大きく、明瞭だった。少し遅れて、心の奥にあったものが堰《せき》を切ったように溢《あふ》れてくる。

――私は、景臣さんと、離れたくない！

露になったのは、嘘《うそ》偽りない純粋な気持ちだった。

婚約解消と言われてあれほど心が重くなったのは、景臣の傍《そば》にいたいからだ。

たとえ食事を抜かれても、水をかけられても、じっとうずくまっていれば凌《しの》ぐことができる。

だが、景臣と離れることだけは、耐えられない。

『俺と一緒に来い、春寧』

初めて会った日にそう言われて、景臣の綺麗《きれい》な瞳に惹《ひ》かれた。

鬼と呼ばれる景臣が、野兎《のうさぎ》の巣穴を気にかけていることを春寧は知っている。笑っている顔も、ちゃんと見た。

目を閉じれば、触れ合った指先の温かさを思い出せる。

行くところがないから、仕方なく傍に留《とど》まっているのではない。

心から思う。これからも景臣と、ずっと一緒にいたい――と。

「春寧さん。わたくしに逆らうなんて許さないわよ。景臣さんと別れなさい！」

薔子はぎりぎりと唇を噛《か》み締めながら、春寧の胸倉に手を伸ばしてきた。

「申し訳ありませんが、お断りします」

春寧は一歩も引かず、薔子の手を身体《からだ》からゆっくりと離す。

「なっ……！」

春寧が言い返してきたことに驚いたのか、薔子は一瞬顔を引きつらせたが、すぐに笑みを浮かべた。

「――そうだわ。いいことを教えて差し上げる。わたくし、景臣さんと外でお会いしておりましたの。香山伯爵家にあの方がお見えになるたびに、何度も一緒にお茶を楽しみましたのよ。別の場所で会った際は、帰りに薔薇《ばら》の花をお渡ししたこともあるわ。とても有意義なひとときでした。景臣さんも、きっと同じ気持ちよ」

勝ち誇ったようなふるまいをする薔子を、加恵がうっとりと眺めた。

「素敵！　それでこそ薔子お姉さまよ。お姉さまを好きにならない殿方なんて、この世にいないわ。景臣さんだって、どこかの煤かぶりより、お姉さまを選ぶはず」

「うふふ。春寧さん、どう？　これでも、景臣さんの傍にいるつもり？」

「私の方から婚約解消を申し出ることはいたしません」

春寧は間を置かずに答えた。

張り詰めている空気を振り払って、足を一歩、前に踏み出す。

「この着物を切り裂きたいのなら、どうぞ！　傘や手袋も、みんなみんな差し上げます。大事な簪がなくなってしまいましたが、もう大丈夫」

口にした言葉は、いつものような気休めの呪文ではない。

何度でも、胸を張って言える。

「私は大丈夫です。だって――目に見えない綺麗なものを、景臣さんからたくさんもらいましたから！」

「なっ……なんですって！」

薔子の顔が、みるみる真っ赤になった。加恵は「生意気よ！」といきり立ち、どんどんと地団駄を踏む。

春寧はそんな二人に向かって、深々と頭を下げた。

「薔子さん、加恵さん――ありがとうございます」

令嬢たちは揃《そろ》ってぎょっと立ち竦《すく》み、先に薔子が口を開いた。

「なぜ、春寧さんがお礼を言うの。着物を破られたのよ。それとも皮肉かしら」

「皮肉ではありません。私は、お二人にとても感謝しています」

「だから、どうしてよ！」

掠《かす》れ声で絶叫した薔子に、春寧は精いっぱい笑いかけた。

「お二人のお陰で、私は、やっと答えを見つけられました！」

「春寧さん、あなた……」

薔子は上半身を引くようにして後ろに下がった。その拍子に、髪を飾っていた大きな薔薇の飾りがぽとりと地面に落ちる。

加恵はその場に棒立ちになっていた。今なら、隙を突いて逃げられそうだ。

「失礼しますっ……！」

春寧はそれだけ言って、一気に駆け出した。

取れかけた袖が大きく揺れるのも気にせず、燐寸箱の入った胸元をしっかり押さえて懸命に走る。

「ま、待ちなさい、春寧！」

背後から加恵の怒鳴り声が聞こえた。焦って足を速めようとして、前につんのめる。

なんとか転ばなかったが、片方の草履が脱げて遠くへ飛んでしまった。取りに行っている間に、追いつかれるかもしれない。

――何もなくても、私は大丈夫。

春寧はもう片方の草履をその場に脱ぎ捨てると、再び走り始めた。

後ろを一度も振り返らずに。


かつて、母親が優しい顔で言った。

『何が一番幸せか、そのうちきっと――あなたにも分かるわ』

ずいぶん長い間、春寧は答えを見つけることができなかった。

だが、やっと辿《たど》り着いた。

――ただ、景臣さんの傍にいられるだけでいい。

それが一番の幸せだ。他には、何もいらない……。

長い髪をなびかせ、細い路地を駆け抜けながら、春寧は景臣の姿を思い浮かべていた。

薔子たちに追いつかれないよう必死になっていて、どこをどう走ったのか分からない。

気が付くと、ほとんど人通りのない道に出ていた。幅は狭く、両端には棟割長屋が建ち並んでいて薄暗い。

もう誰も追いかけてこないようだ。春寧は立ち止まり、肩ではぁはぁと息をする。逃げ切れたのはよかったが、ここがどこか、見当もつかなかった。目印となる建物も見えない。

とりあえず広い道を探そうと思って身を翻したとき、傍の長屋から誰かが出てきた。

春寧はあっと息を呑《の》んだ。

頬に走る大きな傷。纏《まとい》こそ手にしていないが、現れたのは消防組の虎雄《とらお》に間違いない。

無我夢中で走っているうちに、いつの間にか彼の家に辿り着いていたのだ。

「あの、佐島《さしま》虎雄さん、お待ちください！」

春寧が勢い込んで声をかけると、虎雄はぱっと振り向いた。

「ん、誰だ？　着物が破れてるじゃないか。それに、履物もない」

「私の恰好《かっこう》は、気になさらないでください。突然呼び止めてしまって申し訳ありません。相馬《そうま》春寧と申します」

子爵家の者だということを伝えると、相手は面食らった様子で眉を片方上げた。

「華族さまが、俺に何の用ですか？」

「あの……こちらの燐寸箱を、届けに来ました」

春寧は大事にしまい込んでいた小さな箱を取り出した。蓋を開け、中に入っていた燐寸を端の方に寄せる。

「これは……」

底に記された文字を見た虎雄は、目を剝いて言葉を濁した。

「この燐寸箱は、私のお友達……香山家の弥須乃《やすの》さんが残していったものです。虎雄さん。あなたはこれを、弥須乃さんに贈ったのですね」

「ああ。確かに俺は、この燐寸をあのお嬢さんに渡しました……」

それを聞いて、春寧は安堵《あんど》した。弥須乃が箱の中にしたためた恋文を、どうやら無事に届けることができそうだ。

「弥須乃さんは、ここに虎雄さんへの気持ちをお書きになっています。もう一度よくご覧になって……」

「ちょっと待ってください」

燐寸箱を渡そうとした春寧を、虎雄は止めた。きょろきょろとあたりを見回してから、親指でとある方角を示す。

「こんなに薄暗い道で話をしていたら、息が詰まりませんか。かといって、華族さまを俺の家に上げるわけにもいきません。川べりに使ってない倉庫があるんで、一緒に行きましょう。ああ、履物は、俺が貸しますよ」

「分かりました。ご案内をお願いします」

虎雄は先ほど出てきた長屋に一度引っ込み、草履のない春寧のために古びた下駄《げた》を持ってきてくれた。男物でかなり大きいが、心遣いに感謝してありがたく借り受ける。

近くで見ると、虎雄の顔つきは端整だった。火消しらしく引き締まった身体に灰色の古《こ》渡唐桟《わたりとうざん》を引っかけ、八反《はったん》の平ぐけ帯をきゅっと締めている。髪は短く刈り込まれ、首から守り袋のような小さな巾着を下げていた。着物も帯も、まだ真新しい。

虎雄はさらっとした唐桟の生地を軽く引っ張った。

「華族さまのお召し物には及びませんが、職場から金一封が出たんで、いい着物を仕立てました。気取りすぎですかね」

よく日に焼けた浅黒い肌に、歯の白さが映えている。

爽やかな笑みを向けられ、春寧も表情を緩めた。

「とてもお似合いですよ。虎雄さんは消防組の纏持ちなのですよね。よい働きぶりで、褒賞を得たと新聞で読みました。香山さまのお屋敷《やしき》が燃えたときは、私もご活躍をこの目で見ておりました」

「へぇ。華族さまもあの場にいたんですか。でも、俺の底力は、あんなものではないですよ。もっともっと手柄を立ててやります。……早く、火が消したい！」

ぐっと拳を握り締める虎雄の身体から、燃え滾《たぎ》るような熱さが伝わってくる。

春寧たちは揃って歩き出した。先導する虎雄に続いて路地を何度か左右に折れると、だんだん空気が湿り気を帯びてきて、川が近いことが肌で感じ取れる。

「つきましたよ、華族さま。副業に店でもやろうと思って、知り合いと一緒に借りた倉庫です。中は空っぽで、何のもてなしもできませんが、どうぞ入ってください」

その木造の建物は、石で固められた川岸にぽつんと立っていた。虎雄は春寧を先に通し、自分はあとから入って、後ろ手で引き戸を慎重に閉める。

「華族さま。一つ聞きたいことがあるんですが……さっきの燐寸《マッチ》箱について、他に知ってる者はおりますか」

問いかけられた春寧は、少し考えてから首を横に振った。

「いいえ。弥須乃さん本人と、私しか知らないと思います」

弥須乃が例の恋文を誰かに見せていたとは考えられない。

虎雄に対する気持ちが香山伯爵の耳に入ったら、締め付けが厳しくなることは必須。きっと、隠し通していただろう。

春寧も他言していなかった。虎雄に会いに行くことを鈴子《すずこ》や他の使用人に知らせてはいたが、用件については「伝えたいことがある」と口にしたのみだ。

虎雄はどこか安堵したようにふっと息を吐くと、また別の質問をしてきた。

「今日は従者はいないんですか？　華族さまが一人で出歩くなんて、珍しいですね」

「途中までは一緒だったのですが、はぐれてしまいました」

春寧は正直に答えながら、鈴子のことを考えた。

路地につれこまれる前、鈴子は大通りを懸命に走っていた。おそらく、待たせていた車夫のところへ行ったと思われる。

だが、春寧はそこにいなかった。今こうして虎雄と対峙《たいじ》していることを、知っている者は誰もいない……。

「了解しました。では、さっきの燐寸箱とやらを見せてもらえますか」

虎雄の声で、春寧ははっと我に返った。

「どうぞ。箱の中に。弥須乃さんの文字が……」

小さな箱を、託すように手渡す。

虎雄はそれをしげしげと眺め——吐き捨てるように言った。

「あの莫迦《ばか》。こんなに厄介な代物を残していったのか。全く、いい迷惑だ！」

「……虎雄さん」

春寧は呆然《ぼうぜん》と立ち尽くした。

虎雄の顔は大きく歪《ゆが》んでいる。口調もがらりと変わっていた。何が起こっているのか、まるで把握できない。

「そこのあんたも莫迦だ。乳母日傘《おんばひがさ》の華族さまがたった一人で乗り込んでくるなんて、悪手にもほどがある。どうせ、俺を告発するつもりだったんだろう——放火を唆した罪で」

「唆した……？」

次の瞬間、足元からおぞましさがすーっと駆け上がってきた。春寧の頭の中で、今までに起こったさまざまな出来事が飛び交う。

半分混乱しながらも、隠されていた真実が少しずつ見えてきた。

「まさか……虎雄さんが弥須乃さんに、火を付けるよう指示をしたのですか？」

なんとか声を絞り出した春寧に、虎雄の血走った目が向けられた。

「あれ、なんだ。華族さまは何も分かっていなかったのか。俺が弥須乃に渡した燐寸を持ってたから、てっきりすべてを知ってるのかと思いましたよ。じゃあ、今のは聞かなかったことにしてくれ……って言っても、無理だよなぁ」

虎雄はへへっと乾いた笑い声を漏らすと、そのままの顔で続きを口にした。

「もう隠しても無駄だから全部話すが、弥須乃に付け火を頼んだのは、この俺だ。加減しろとは言ったんですよ。でも何度もやらせてたら、とうとう屋敷の大半が燃えた」

耳に入ってくる内容と、虎雄の軽薄な態度が、頭の中で上手《うま》く結び付かなかった。理解しようとすると、おぞましさで足が竦《すく》む。

「虎雄さんは、どうして……そんなことを」

春寧はふらりとよろめいた。倒れ込みそうになるのをなんとか堪《こら》え、へらへらしながら突っ立っている虎雄を見つめる。

「間抜けな質問だな。そんなの、手柄を立てたいからに決まってるだろう。俺は火消しですよ。どこかで火事が起こらない限り、何もできない。だからあのお嬢さんに、家を燃やせと頼んだんです。俺は弥須乃の家から火が出ると分かっていた。現場に一番乗りして、思う存分働いてやりました。火事場の俺は、誰よりもいい仕事をしてただろう」

虎雄は自らを誇示するように、どんと胸を叩《たた》いた。首からかけていた巾着袋が、大きく揺れる。

春寧は信じられない思いで首を左右に振った。

「消防組の方が、火事が起こることを望んでいるだなんておかしいです。ご自分が手柄を立てるために、弥須乃さんを利用したのですか。……ひどい！」

「利用？　人聞きの悪いこと言わないでくれ。火を付けたのは、あくまで弥須乃の意志だ。香山邸で以前に火が出たとき、俺があいつを助けてやりました。そうしたら『虎雄さんが喜ぶことなら何でもいたします』と言って縋《すが》り付いてきた。火を放てと頼んで何が悪い。俺は、弥須乃がやりたいことをやらせてやっただけだ。むしろ、感謝してほしいぐらいですよ」

虎雄が言っているのは、香山邸で最初に起こった火事のことだろう。あれは、放火が原因なのではなく、ただの失火だった。

弥須乃はそのあと、立て続けに屋敷に火を付けた。愛する人……虎雄に会うために。

だが、悲しい行為の裏には、もう一つの事情が隠れていた。

虎雄が弥須乃に囁《ささや》いたのだ。——火を放て、と。

「付け火を頼んだら、弥須乃は最初、戸惑っていました。でも俺が燐寸箱に名前を書いて渡したら、嬉《き》々《き》として首を縦に振った」

惨《むご》いことを口にしながらも、虎雄の態度は相変わらず軽薄だった。

春寧はやるせなくなって、自分の身体《からだ》を抱き締める。

「弥須乃さんは、虎雄さんからもらった燐寸箱を大事に握っていました。それほど、あなたのことがお好きだったのです。なのに……」

「やれやれ。俺の名前が入った燐寸箱を残していくなんて、いい迷惑ですよ。こんなものが世に出たら、俺と弥須乃が裏で繋《つな》がっていたことが露見する。付け火を頼んだのが知れ渡ったら、一巻の終わりだ」

虎雄は、先ほど春寧が渡した燐寸箱を忌々しい目つきで見た。だがすぐにそれを懐にしまい、口元をぐにゃりと歪める。

笑っているのだ――そう気付いたときにはもう、春寧の身体は虎雄に拘束されていた。

「事が露見したら終《しま》いです。だが逆に言えば、証拠がなければどうにでもなる。燐寸箱を処分して、ついでに、あんたの口を塞げばいいんだよ。燐寸箱について知ってるのは、弥須乃とあんただけだろう。弥須乃は俺によく懐いてたから、角袖に垂れ込むようなことをするはずがない」

角袖……警官のことだ。虎雄はやはり、弥須乃の気持ちを利用している。

春寧は切なさと悔しさで胸が苦しくなった。だが虎雄に背後からがっちりと押さえ込まれ、身動き一つ取れない。

「従者とはぐれた以上、俺とあんたがこうして喋《しゃべ》ってることを知る奴はいない。わざわざ証拠を持ってきてくれて、感謝しますよ。さっきも言ったが、一人で俺のところに来るなんて、あんたは莫迦だ。弥須乃と似たり寄ったりだな」

「弥須乃さんは、愚かな人ではありません！」

思わず声を張り上げる。

虎雄は拘束する力を強めて、春寧の耳元に唇を寄せた。

「どう考えても弥須乃は莫迦ですよ。『火が出ても俺が消してやる』『それで手柄を認められたら出世できて、庶民の俺でもお前と添えるかもしれない』って言ったら、涙を流して喜んでいた。冗談も通じないようだな」

「ひどい。弥須乃さんは、あなたのことを本当にお慕いしていたのですよ。あなたの傍《そば》にいられれば、きっとそれでよかったのです」

「弥須乃の……豪邸で暮らす華族さまの気持ちなんて、長屋育ちの俺に分かるかよ。そこまで肩入れするってことは、あんたも弥須乃と同じように、庶民に懸想でもしてるのか？　あんたにとって、傍にいられればそれでいい相手というのは、一体誰だ」

「私は……」

思い浮かぶのは、一人だけだ。

――景臣さん。

この先自分がどうなるのか、春寧にはすでに予想がついていた。こんなことになったのは自分の考えが至らなかったからだということも、十分に分かっている。

だが最後にもう一度だけ、会いたかった。

景臣に。

「誰のことを考えてるか知らないが、そいつとはもう会えませんよ。俺があんたを、ここで始末する。残念でしたね、華族さま」

虎雄の腕が、首に回る。

春寧は必死にもがいて逃れようとしたが、拘束を解くことはできなかった。

「いったん気絶させてから、裏の川にでも放り込んでおくか。迷子になった華族さまが、足を踏み外して落ちたと思うだろう。もし俺のところに角袖がきても、知らぬ存ぜぬを貫き通してやりますよ」

気道が、じわりじわりと絞まっていく。

同じ速さで、意識がだんだんと薄れていった。

「か……げおみ、さん……」

命の灯が弱くなるのを感じながらも、春寧の心の中には景臣がいた。

一目でいい。会って、言いたい。

私に手を差し伸べてくれて、ありがとう――と。

「――春寧！」

名前を呼ばれた気がした。同時に、倉庫の戸が大きく開け放たれる。

霞《かす》んでいく視界に飛び込んできたのは、黒ずくめの長身……。

「何だ、お前！」

虎雄が叫び、その拍子に首にかけられていた手が緩んだ。

春寧は崩れるように膝をつき、軽く咳《せ》き込みながら何度も瞬きをする。

「景臣さん……」

真っ先に、これは夢かしら、と思った。

会いたかった人が傍にいる。祈りが通じたのだろうか。それとも、こと切れる寸前の幻か……。

「春寧、大丈夫か！」

骨ばった手で、がっしり両肩を摑《つか》まれた。

目の前にいるのは本物の景臣だ。夢でも、幻でもない。

「景臣さん、どうして、ここに……」

「女中が、お前とはぐれたと言って屋敷《やしき》に駆け込んできた。使用人たちと手分けして、すぐ捜しに出た」

頭に空気が届くようになり、次第に意識がはっきりしてきた。どうやら、鈴子が麴町《こうじまち》の屋敷に戻って助けを求めたらしい。

「怪我《けが》はないな」

景臣は座り込んでいた春寧の身体を支えてゆっくりと立たせた。

呼吸が荒く、黒い背広に覆われた肩が激しく上下している。ここまで走ってきてくれたのだろう。

「景臣さん。あの、ご迷惑をおかけして申し訳ありませ――」

春寧は詫《わ》びようとしたが、途中で止まってしまった。

「……無事でよかった」

景臣の両腕が、背中にしっかり回っている。胸板越しに声が聞こえて、抱き締められていることを自覚した。

鼓動は否応《いやおう》なく速さを増し、頬も熱くなってくる。

このままでは口から心臓が飛び出る……そう思った瞬間、身体が離れた。至近距離で景臣と向き合った春寧は、「あっ」と息を吞《の》む。

「景臣さん――右の目が」

美しい紫の瞳が発光していた。それはすなわち、邪気を放つものが付近にあるということだ。

「この倉庫に近づいただけで反応した。邪気の出どころは、おそらく……」

景臣は春寧を後ろ手で庇《かば》いながら、虎雄と対峙《たいじ》する。

「誰だよ、お前は！」

ふいに現れた景臣を前に呆然《ぼうぜん》と立ち尽くしていた虎雄は、我に返って眉をきゅっと吊《つ》り上げた。

「俺は美術商だ。佐島虎雄――お前のことは、以前から調べていた」

「美術商だって？　そんな奴が、俺のことをこそこそ嗅ぎ回ってたというのか。一体、何のために⁈」

「お前は、絵を所持しているはずだ。火事の場面が描かれたものを」

「絵……？　ああ、もしかして、これのことか」

虎雄は首にかけていた巾着袋の中から小さく折り畳まれた紙を取り出し、ゆっくりと広げた。

「景臣さん、あの絵……」

春寧は言葉を失った。

少し引っ張ったらすぐにでも破れてしまいそうなほど古ぼけた紙に描かれていたのは、燃える家屋と、着物姿の娘。

墨と顔料を用いた肉筆の錦絵だった。

血の色をした炎が棟割長屋を焼き尽くしている。それを目の当たりにしている娘は、ひどく顔を歪《ゆが》めていた。苦しんでいるようであり、笑っているようにも見える。

景臣の肩に力が入った。

「間違いない。その絵は曰《いわ》く付きだ。祖父の代からずっと探していた、特級品……」

「まぁ。あれが、例の……」

春寧は絵と景臣の顔を代わる代わる眺めた。

右の瞳は、やはり反応している。今まで見た中で、一番光が強い。類稀《たぐいまれ》なる品だということが、否応なく伝わってくる。

「曰く付きだか何だか知らないが、これは浅草六区《あさくさろっく》をうろついてた宿なしの爺さんが持っていたものだ。その爺さんは有り金を使い果たしたらしくて、飯も食えないと言うから、俺が一晩の酒代を渡してこの絵を買い取った。人助けのつもりだったんだ」

虎雄は禍々《まがまが》しい曰く付きの品を見て、目を細めた。

恍惚《こうこつ》の表情だった。まるで宝物にでも触れるように、古ぼけた紙の表面を指で優しくなぞる。

「最初は眺めるだけで陰鬱だったが、数か月も経《た》つとやる気が湧いてくるようになった。今はこの絵が、守り札の代わりだ。うねる炎も、火柱も、みんなこの俺が消してやる。征服してやる……そう思いながらひたすら纏《まとい》を振ったら、死ぬほど気持ちがよかった」

火事の現場を思い出しているのだろうか。虎雄は興奮した様子でぶるぶると身体を震わせ、最後にだん、と足を踏み鳴らした。

「――もっともっと燃えればいい。俺は、帝都を焼き尽くすほどの炎が見たい！」

邪気を放つ曰く付きの品に触れ続ければ、最終的には自ら災いとなる。

いつしか景臣から聞いたことを、春寧は初めて実感した。虎雄はすでに常軌を逸している。曰く付きの品に――炎に、魅入られてしまっている。

景臣は光る右目の近くに片手を添え、開いた方の手をぐっと握り締めて虎雄を見た。

「香山伯爵邸の火事は、令嬢の放火によるものだった。その事実が分かると同時に、俺は一連の件で得をしている者がいることに気付いた。それがお前だ。佐島虎雄」

「得？　一体何のことですかね？」

虎雄は絵を再び巾着袋にしまい込み、にやにやとしている。

「お前は火事の現場に誰よりも早く駆けつけて、消火に当たった。それで活躍が認められ、褒賞を受け取っている。毎回一番乗り……上手《うま》く行き過ぎている気がした。香山邸から火が出ることを、あらかじめ知っていたとしか思えない。そこで俺は、お前が伯爵令嬢に放火を教唆した可能性を考えた」

景臣の目の付け所は的確だった。今と同じことを、虎雄は先ほど、自らの口で告白したばかりだ。

「俺は消防組の者たちに探りを入れた。その際、お前が妙な絵を持っているのを見たという証言を得ている。先ほど提示したあの錦絵だな。さらに、お前がこの空き倉庫を共同所有していることも調べがついた。……春寧が佐島虎雄に会いに行ったと使用人たちから聞いて、嫌な予感がした。つれ込むならここだろうと思った。人気のない場所に建つ倉庫は、やましいことをするのにうってつけだからな」

「景臣さんは、虎雄さんを告発なさるおつもりだったのですか？」

春寧の問いに、景臣は首肯した。

「そうする準備は進めていた。だが、虎雄と香山伯爵の令嬢が繋《つな》がっているという確証が持てなかった。二人が会っていたという証言か、手紙でもあればよかったんだが」

「それなら、燐寸《マッチ》箱があります。虎雄さんは弥須乃さんに、ご自分のお名前を書き込んだ燐寸の箱を贈っていました。弥須乃さんは虎雄さんの書いた文字の隣に、『愛しています』と恋文を……」

「――その燐寸箱というのは、これのことですか？」

春寧が言い終わらないうちに、虎雄が口を挟んできた。先ほど渡した小箱を懐から一瞬だけ取り出し、またすぐにしまう。

「佐島虎雄。放火の教唆を認めろ。その燐寸箱を持って出頭しろ」

景臣は鋭い声を発し、足を一歩前に踏み出した。

虎雄はそれを「はっ」と鼻で笑い飛ばし、春寧たちに蔑むような眼差《まなざ》しを向ける。

「ああ、揃《そろ》いも揃って莫迦だ。出頭しろって言われて、俺が素直に応じるかよ。証拠の燐寸箱はすでにこっちの手中にある。あとは――」

きらりと、何かが光った。

虎雄の手に、抜き身の匕首《あいくち》が握られている。

「あんたたちを始末すれば、話はそれで終わりだよ！」

ひゅんっと空気を切り裂く音がした。

先ほどまで春寧の頭があったところに、鋭い刃《やいば》が振り下ろされたのだ。景臣が春寧を抱きかかえて横に飛んでいなければ、今ごろ血飛沫《ちしぶき》が散っていた。

あと一歩のところで獲物を逃した虎雄が、忌々しい顔つきでこちらを睨《にら》んでいる。

「いつまでも無事でいられると思わないでくださいよ。俺は火消しだ。腕っぷしには自信がある。確実に仕留めて、あとは男女の心中にでも見立てておけば、角袖の目も誤魔化せるだろう。そうだな、まずは……男からだ」

研ぎ澄まされた刃物が、景臣に向けられた。

倉庫の出入り口は少し離れている。一瞬でも隙を見せれば、命はない。

「春寧。俺が奴を足止めする。その間に、お前は外へ逃げろ」

景臣が耳打ちしてきた。

「でも、それでは景臣さん一人が刃を受けてしまいます」

「俺は……大丈夫だ」

春寧には分かる。この『大丈夫』はただの気休めだ。

今まで何度も同じ言葉を自分で唱えていた。だから『大丈夫』の裏に『仕方ない』という諦めの気持ちが隠れているのが、否応なく伝わってしまう。

諦めてほしくない。

景臣には生きていてもらいたかった。

他の誰よりも——自分よりも。

「ひと思いに死ね。無駄に避《よ》けると、余計に辛《つら》いぞ！」

虎雄が匕首を振り上げる。

景臣は春寧の身体《からだ》を横にどんと突いた。

「逃げろ、春寧」

だが春寧は出入り口に向かわなかった。光る刃の下に、身を投げ出すようにして飛び込む。

「──景臣さんっ」

感じたのはまず、熱さだ。

肩口を刃が一閃《いっせん》し、少しだけ間を置いて、赤いものがじわりじわりと着物に染み込んでいく。

「……っつ」

春寧は苦痛に耐えながら膝をついた。

「──春寧っ！」

景臣がすぐさましゃがみ込み、傷口をぐっと押さえる。

「ああ……景臣さん……私の血で、汚れます……」

「何を言っているんだ。どうして……どうして逃げなかった」

「申し訳ありません。でも……」

少し動くと痛みが全身を貫く。

春寧はそれでも、なんとか口を開いた。

「……私は、景臣さんに、生きていてほしかったんです」

「俺に、生きていてほしい……？」

「はい。景臣さんは以前、『生きていても仕方がないと思った』と仰《おっしゃ》いました。『生きている意味などない』とも……。そんなことはありません。私は……あなたに、生きていてほしい」

「春寧……」

景臣がすっと息を吸い込んで、春寧を見つめる。

そこに、血塗《ちまみ》れの刃が差し出された。

「女の方を先に斬るつもりはなかったんだが、この際、どっちでもいい。二人とも、い加減に諦めろ」

虎雄は、人を手にかけることにまるで躊躇《ためら》いを見せていなかった。目は血走り、口の端からは僅かに涎《よだれ》が垂れている。

もはや、人ではない何かに変わり果てていた。春寧の血で濡《ぬ》れた刃が、再び大きく振り上げられる。

「来るな」

景臣は春寧の身体を抱き締め、じわじわと距離を詰めてくる虎雄を牽制《けんせい》した。

「あ……」

腕の中にいる春寧の口から、掠《かす》れ声が漏れる。

景臣の右目は、輝きを増していた。虎雄の持っているあの禍々しい絵が近づいたせいだろう。

光は、あたりを明るく照らしている。

「綺麗《きれい》……」

斬られた痛みさえ忘れて、春寧は呟《つぶや》く。

「なっ、何だその、鬼みたいな目は！」

虎雄はぎょっとして身体を仰《の》け反《ぞ》らせた。そのまま数歩たたらを踏み、まるで見えない壁にはじき返されたかのように後退する。

「佐島虎雄！　神妙にしろ！」

大きな声が響き渡ったのは、まさにそのときだった。声の主を先頭に、屈強な青年たちがばたばたと中に駆け込んできて、虎雄を取り囲む。

全員が同じ刺子の法被を纏《まと》っていた。

消防組のお仕着せだ。ずらりと並んだ火消したちの中から一番年かさの者が歩み出て、虎雄に鋭い視線を投げる。

「佐島虎雄。貴様は消防組の資金をくすねて賭博につぎ込んでいたな！　これは立派な横領だ。今から我々の手で警察に連行する」

「な、何するんだ。やめろ！」

虎雄は体格がいいが、同程度の身体つきの者が集まれば歯が立たない。匕首を取り上げられ、あっという間に拘束される。

春寧たちのもとにも消防組の者たちが駆け寄ってきた。これでもう、大丈夫そうだ。

安心した途端、痛みが増した。肩の傷からどんどん血が溢《あふ》れてきて、春寧はとうとう、その場に倒れ込む。

「春寧、大丈夫か！」

「景臣さん……あなたにお怪我《けが》がなくて、よかった……」

「俺の心配をしている場合か。しっかりしろ！　春寧――春寧！」

薄れゆく意識の中で、春寧の耳に最後まで届いていたのは、景臣の声だけだった。

終章　再び、白い撫子の庭で

佐島虎雄《さしまとらお》は、邪気に蝕《むしば》まれていた。

人としての理性を失わせるどす黒いものは、やがて手柄を立てたいという野心と結びつき、放火の衝動をかき立てた。

そこに現れたのが、虎雄を慕う華族の令嬢だ。火を放ちたいという衝動は、弥須乃《やすの》を介して発散された。

虎雄は現在、横領の罪で然《しか》るべき機関に勾留されている。弥須乃に放火を唆した件と併せて、取り調べを受ける予定である。

香山《かやま》伯爵邸が燃える前から消防組の資金の流れがところどころ不明瞭になっており、内部で調査が進められていた。

春寧《はるね》が虎雄に会いに行ったあの日、とうとう証拠を摑《つか》んだ火消したちは、『犯人』の行方を総出で捜し、川べりの倉庫に辿《たど》り着いたのだ。

例のぼろぼろの錦絵――曰《いわ》く付きの品の中でもとりわけ強い邪気を放つあの一枚は、景《かげ》臣《おみ》の手で回収され、麴町《こうじまち》の屋敷《やしき》の蔵に厳重に収められた。

虎雄に斬りつけられた春寧は、数日寝台《ベッド》に臥《ふ》せっていたが、ほどなくして動き回れるようになった。

やや深くついてしまった傷はきっちりと縫合され、痕《あと》もほとんど残らないと医師に言われている。

一連のことに片が付いてから十日が過ぎた。すでに新緑の季節となり、夜になっても冷え込むことはない。

春寧は自室の窓を開け、月を眺めていた。

虎雄と対峙《たいじ》したあの日から、景臣の顔をほとんど見ていない。起き上がれるようになっても、口をきいていなかった。なんとなく、避けられている気がする。

景臣は、婚約を解消する準備を整えているのかもしれない……。

そう思うと心が重くなり、春寧は溜息《ためいき》を一つ吐《つ》いた。開け放していた窓を閉め、涙が零《こぼ》れるのを堪《こら》える。

『もう少ししたら、ぜひお庭に出てみてください』

ふと、以前に女中の鈴子《すずこ》が言っていたことを思い出した。

庭に何があるというのだろう……その疑問が、心に重いものを抱えた春寧を外へ導く。

少し前に昇ってきた満月が、東の空にあった。そのお陰で、アーク灯がなくても歩けるほどあたりは明るい。

僅かに青みがかった白地の着物に、菖蒲《しょうぶ》の染め帯を身に着けた春寧は、淡い光に包まれた庭をゆっくりと歩く。

大きな屋敷の周りを囲む小径《こみち》を進み、一つ角を曲がったとき、その光景が目に飛び込んできた。

一面に咲く、白い撫子の花。

月に照らされたそれは、淡く光っているようだった。繊細な花びらが風に吹かれて揺れる様を見て、鈴子が庭に出るのを勧めた理由がすとんと腑《ふ》に落ちる。

この場所を、春寧の大好きな花で満たすように言ったのは、景臣だろう。

話ができなくても、顔すら見なくても、白い撫子が咲くこの光景に、優しい心遣いをはっきりと感じる。

やはり、景臣の傍《そば》にいたいと春寧は思った。

庭の美しさ、ひしひしと伝わってくる優しさ……そして、改めて自覚した己の気持ち。

全部がまざり合って、瞳から自然と涙が零れてくる。

「――春寧。どうした！」

夜風に乗って、声がした。

振り向くと、景臣が息せき切って駆けてくる。

「なぜこんなところで泣いている。傷口が痛むのか」

景臣はあっという間に春寧の傍まで辿り着き、まず涙を手で拭ってくれた。そのあと、身体《からだ》に異常がないか、あたふたと確認し始める。

「傷はもう塞がっております。痛みもありません。お庭に出てみたら、撫子のお花があまりにも綺麗で……」

春寧がそう言うと、あからさまに安堵《あんど》の表情が浮かんだ。

「そうか」

「景臣さんは、どうしてこちらに？」

「俺は……春寧を捜していた」

「私に、何かご用ですか」

景臣はしばらく躊躇った様子を見せた。だがやがて視線を地面に向け、おもむろに口を開く。

「春寧――俺との婚約を、解消してくれ」

言葉が、刃《やいば》となって心を貫いた。泣きそうになったが、その前に、春寧は深々と頭を下げる。

「申し訳ありません、景臣さん。私、今まで何のお役にも立てませんでした」

顔を上げてから、やや呆気《あっけ》に取られている景臣に向かって懸命に訴えた。

「これからは、お掃除でも、お買い物でも、なんでもいたします。使用人の一人と思っていただいて構いません。だから、どうか私をこのお屋敷に……」

「春寧が、そんなことをする必要はない！」

景臣は頭《かぶり》を振りながら声を荒らげた。眉間に皺《しわ》を寄せて長い前髪をかき上げ、「違う」とさらに呟く。

「なぜ春寧は、そうやってしなくていいことを自らやろうとする。俺は、お前をこき使うために結婚を申し出たわけじゃない。むしろ、何もさせたくなかった。ただ、穏やかに暮らしてほしい。俺が望むのは、それだけだ」

「えっ……」

今度は春寧の方が呆気に取られた。

景臣は、そんな春寧の手をそっと握る。

「初めて春寧に会った日、ここがひどく荒れて、血が滲《にじ》んでいた。水仕事などさせられるか。悪化したらどうする」

あれだけひび割れて硬くなっていた指先は、すっかり元に戻っている。

麴町の家に来てから、景臣はたびたび春寧の手を取り、具合を確かめるように目を落としていた。ちょうど、今と同じ仕草で。

「景臣さんが私に何もさせてくださらなかったのは、手が荒れることを心配していたから……なのですか？」

「そうだ。だが、それをそのまま伝えても、春寧は『大丈夫です』と答えるだけだろう。むしろやる気に火を付けると思って、『何もするな』としか言えなかった」

景臣はそこで春寧の手をすっと解放した。

同時に、俯《うつむ》きがちだった顔を上げる。

「鬼のような瞳を受け入れてくれる者は、亡くなった祖父以外いないと思っていた。天涯孤独なのだと覚悟していたつもりだ。だが春寧は、俺の目を綺麗《きれい》だと言った。生きていてほしい、とも……」

長い前髪は横に流れ、右目が露《あらわ》になっている。春寧はそれをじっと見つめた。

「考えは変わりません。私は、景臣さんの瞳が好きです。この先もずっと、生きていてほしい……」

「春寧」

景臣の両手が、春寧の頬を包み込む。

紫の瞳はすぐ傍にあった。人ならざるもの……誰も持っていない唯一無二の美しさに、息を呑《の》む。

「今の言葉だけで十分だ。何もする必要はない。俺は春寧に、辛《つら》い思いをさせたくなかった。――ただ傍にいてくれれば、それでよかったんだ」

「景臣さん……」

春寧はようやく理解した。

ただ傍にいたい、いてほしい……二人は互いに、同じことを考えていたのだ。

「だが、辛い思いをさせたくないからこそ――俺と離れてほしい」

春寧の頬から手を離すと、景臣は再び俯いた。

「そんな……嫌です。なぜ景臣さんは、そのようなことを仰《おっしゃ》るのですか」

呆然《ぼうぜん》と目を見開き、春寧は震える声で尋ねる。

「香山邸の火事で、春寧は火傷《やけど》を負った。邪気の影響を直接受けなくても、曰く付きの品を扱う以上、ああいった危険は常に付きまとう。だから『ついてくるな』と言ったんだ。それでも……佐島虎雄と対峙して、また怪我をした。俺とこのまま一緒にいれば、もっと悲惨な目に遭うかもしれない。それが、どうしても耐えられない」

景臣はいったん言葉を切り、春寧の両肩に手を置いた。

「春寧だけは無事でいてほしい。たとえ婚約を解消しても、お前が不自由なく暮らせるよう手配をする。だから俺と離れて……」

「嫌！　嫌です！」

春寧はとうとう、景臣に縋《すが》り付いた。

首を何度も左右に振りながら、声を絞り出す。

「私は、あなたと離れたくありません。景臣さんは先ほど、ただ傍にいてくれればいいと仰いました。私も同じ気持ちです。景臣さんの傍にいたい……。それが、私の一番の幸せなのです！」

頭上から、月の光がしんしんと降り注いでいる。

春寧は頭一つ以上背の高い景臣をゆっくりと見上げ、口を開いた。

「──私が傍にいたら、駄目ですか？」

景臣は、何も答えなかった。

黙ったまま背広の隠しから何か小さなものを取り出し、再び春寧の手を取る。

「景臣さん、これは……？」

春寧の左手の薬指に、景臣は銀の指輪をはめた。小さな薄紫色の石がついていて、肌にしっくりと馴染《なじ》む。

「あの簪《かんざし》の代わりだ」

景臣はさらりと言った。

春寧が「え？」と聞き返すと、ぽつぽつ話し始める。

「香山邸でパーティーがあった日、春寧はあの紫水晶の簪をなくしただろう。十文字家《じゅうもんじ》の令嬢たちと揉《も》めた際、池に投げ込まれたことは見当がついた。あれがなくなったのは、俺が春寧を無理にパーティーに引っ張り出した挙句、一人にしたせいだ」

「いいえ、景臣さんは悪くありません」

否定しようとした春寧を押し留《とど》めて、景臣は先を続けた。

「パーティーのあと、俺は香山邸に通って池の中を捜索した。伯爵の許可を得て水をすべて抜き、底の土を掘り返した」

「まぁ、そんなに大変なことをなさっていたんですか」

「使用人たちの力は借りたが、俺も自ら捜索に加わった。春寧の同行を断ったのは、手伝いたいと言い出しかねないからだ。あんな重労働は、絶対にさせられない」

思えば、パーティーがあってから数日、景臣はやたらと疲れていた。それは、池の底をさらっていたからだ。薔子《しょうこ》と会うために、香山邸を訪れていたわけではない。

景臣は、春寧の薬指にはまっている指輪を見つめた。

「結局、紫水晶の簪は見つからなかった。香山伯爵の話によれば、あの池は、雨で増水すると近くの小川と繋《つな》がるらしい。簪はすでに、どこか遠くへ流されたと考えられる。もう人の目に触れることはないだろう。だから……代わりに、これを渡す」

「とても、綺麗です。こんなに素敵なもの、受け取ってもいいのですか？」

春寧は改めてその輝きを確かめる。土台の銀と小さな紫色の石が、あの簪を彷彿《ほうふつ》とさせた。金剛石《ダイヤモンド》もあしらわれていて、華やかだ。

「輪の形は永遠を表す。外国では、相手に添い遂げる証《あかし》として、結婚の際に指輪を贈る習慣があるそうだ」

「それは知りませんでした」

「本当は、渡さずに捨てるつもりだった。春寧との婚約は、解消するつもりだったからな。だが……受け取ってくれ」

長い腕で、春寧はぐっと引き寄せられた。

耳朶《じだ》に、景臣の唇が触れる。

「春寧は先ほど、傍《そば》にいたら駄目かと聞いたな。――この指輪が、問いの答えになっただろうか」

意味が分かった途端、春寧の頬が熱くなった。声が出なくなって、腕の中でこくこくと首を縦に振る。

「指輪は一生、外すな」

もう一度春寧が頷《うなず》くと、耳に微《かす》かな吐息の感触を残して、景臣は抱き締めていた身体を離した。

今度は手を取って、薬指ごと指輪を月の光にかざす。

「春寧の簪と似たものを探していて、この指輪を見つけた。だが、簪はとうとう手に入らなかった」

胸の高鳴りがようやく収まった春寧は、首を傾《かし》げた。

「あの簪は、そんなに珍しいものだったのですか」

「金銭的な価値はさほどない。ただの紫水晶の簪ならいくらでもある。だが、春寧の簪についていた石は色に深みがあって、見る角度によってさまざまな輝きを放っていた。俺は伝手《つ て》を頼って同程度の品を見つけようとしたが、納得できるものとは巡り合えなかった。……これからも、仕事の合間を縫って捜す」

景臣はふっと一つ息を吐いた。露になっている紫色の瞳が月の光を跳ね返し、きらきらと輝いている。

──綺麗。この世で、一番。

春寧は、景臣の右目のすぐ下に手を伸ばした。

「景臣さん。簪はもう、捜さなくていいです」

触れている頬が、とても温かい。

景臣の美しい瞳に、春寧の姿だけが映っている。

「だって、私の紫水晶は──ここにありますから」

満月の下。心地よい風が吹き抜けて、白い撫子《なでしこ》の花が一斉に揺れた。

「春寧。これからも、俺と一緒に来い」

「──はい」

月明かりに照らされて長く伸びた二つの影はぴったりと寄り添い、いつまでもいつまでも離れることはなかった。

富士見L文庫

帝《てい》都《と》鬼《おに》恋《こい》物語《ものがたり》
煤《すす》かぶり令嬢《れいじょう》の結婚《けっこん》

相沢《あいざわ》泉見《いずみ》

2023年9月15日　初版発行

発行者　山下直久
発　行　株式会社 KADOKAWA
〒102-8177　東京都千代田区富士見2-13-3
電話　0570-002-301（ナビダイヤル）

印刷所　株式会社暁印刷
製本所　本間製本株式会社
装丁者　西村弘美

定価はカバーに表示してあります。　◇◇◇

●お問い合わせ
https://www.kadokawa.co.jp/（「お問い合わせ」へお進みください）
※内容によっては、お答えできない場合があります。
※サポートは日本国内のみとさせていただきます。
※ Japanese text only

ISBN 978-4-04-075139-9 C0193